JN258621

ブラック化する職場

コミュニティユニオンの日々

TAKENOUCHI KOUYU
竹之内宏悠

花伝社

これは、二〇〇〇年代初頭から二〇一六年の日本における労働現場と、
その現実に立ち向かった者たちによる歴史の一頁である。

ブラック化する職場——コミュニティユニオンの日々◆目次

第１章　社員食堂

　コンビナート中核企業である藤井化学工業のシステム管理を担当している古田孝広は、画面に食い入るようにして流れるメッセージを睨んでいた。

　部屋は、空調の音だけが静かに響いている。

　コンソールには時折赤色のエラーメッセージが流れる。

「おい、アップデートに失敗しているぞ」

　孝広は、隣で作業をしているベテランＳＥ（システムエンジニア）の相田に顔を向けた。

　相田は、神経質そうな顔を孝広に向けるとプログラムソースを取り出し、テーブルの上に広げた。

　孝広も相田の上からプログラムソースを覗き込む。

「おかしいな、読み込みの時はオーケーなのにな」

　相田は長年、孝広の職場のシステムメンテナンスを担当しているソフトメーカーのＳＥだ。

　システムはむしろ孝広より熟知している。

　システム変更の場合、孝広が仕様書を書き、相田がプログラミングする。

　メンテナンス業務においても軽微なシステム変更や追加は二人で行ってきた。

データベースへのアクセスはこれまでも行ってきている。

「構造体の切り方を間違えていないか」

孝広の問いに腕組みしたまま相田はプログラムソースを見つめている。

孝広が腕時計を見ながら言った。

「先に飯でも食うか、時間が経てば頭も変わって、わかるかもしれない」

その時相田が孝広のブルーの作業服を掴んで言った。

「これだ。わかりましたよ。構造体をコピーする時に間違えたんですよ。でも何でここだけ間違えたのかな」

孝広は、プログラムソースを覗き込み、相田が指差す部分を確認しながら言った。

「間違いは誰でもするさ、人間だもの。それじゃそこだけ直して、飯にしよう」

「今日私、弁当忘れたので、下の売店でパンでも買って食べますから」

「たまには一緒に食堂で食べようよ」

孝広は相田を促すように彼の肩に手を置いた。

「今日に限って、女房のやつが寝坊して子どもに朝飯作るのが精いっぱいで、私の弁当まで手が回らなかったんですよ。でもまぁ、女房も私の安月給に文句も言わず、パートで働いてくれていますからね」

孝広は、肯きながら尋ねた。

「うちの仕事じゃあまり稼ぎにならないか」

相田は、頭を掻きながら言った。

「藤井化学さんとは関係ありませんよ。私たちのような中小企業じゃ、給料が安いだけじゃなく、社宅もないし、残業代も満足に支払ってもらえないのが常識で、毎月子どもの塾の金と家賃を払ったらもう膝を抱えての生活ですよ」

「大変だな、子育て中だしな」

時刻は既に十二時半を過ぎようとしている。

孝広と相田は、コンピュータルームを出ると、連れだって工場の敷地を歩き始めた。

外の空気は、油と金属の焼けたようなプラント特有の臭いがする。

「外は寒いからジャンパーを取ってきます」

季節は秋から初冬へと向かっている。

相田は、走ってコンピュータルームのある事務棟に戻っていった。

孝広は、社員食堂へ入ると、売店の横に設置されている食券の自動販売機に現金を入れ、親子丼のボタンを押した。

部屋には、醤油とみりんの煮つめたような甘い香りが漂っている。

時刻が遅いからか、食堂は人がまばらだ。食券を差出し、盆に丼と味噌汁やおしんこなどをのせ、空いているテーブルに座った。

美味いとは言えないが、一食三百円なのだから文句も言えないと納得して箸を持つ。

その時、食券売り場の方から声が聞こえてきた。

「おたくは、だめですよ」

「業者の方でしょ。社員以外の方はここで食券は買えないんです」

その声に孝広は、後ろの販売機の方を見た。ジャンパーを着た相田が、どうしたものかと狼狽えているのが見て取れた。

孝広は、箸を置くと席を立って売店の方へ飛んで行った。

「どうしたんですか、この人はうちの職場で仕事をお願いしている人ですよ」

売店の女性は、困ったという顔で孝広を見つめると言った。

「人事の人にきつく言われているんですよ。社員以外の人はこの販売機を使わせるなってね」

「そんな馬鹿な」

孝広は、今まで業者の人たちが弁当を持って会社に来るのをよく見かけていた。

もちろん彼等とは会社が違うわけだから、労働条件も違う。しかし、食事くらい一緒にすることに何の問題があるはずがないではないか。

「どうしたんですか古田さん」

売店でもめているのを聞きつけたのか、人事課長が顔を出してきた。

孝広は、課長に向かって言った。

「飯ぐらい一緒にしてもいいんじゃないの、昔は時間の制限はあったけど、いつから食券も買えなくしたの」

眼鏡をかけ、少し小太りな課長は、笑みを浮かべながら言った。

「古田さん。それが難しいんですよ。この食事には補助が出ているので、社員に対しては福利厚生費になるんですが、業者さんたちには税法上、贈与になってしまうので、できないんですよ」

孝広は、腹が立ってきた。

「彼は、今まで私と一緒に仕事をしてきたし、会社の業務に必要な人なんですよ。共同してうち（会社）の仕事をしているんですよ」

「ですから、税法上の指導で」

そんなはずはない。一昔前は彼らも社外の人と食事をしていたはずだ。最近、経費削減や提案制度などという馬鹿げたやり方で、食堂の業者も競争入札していると聞いている。きっと、社員の数で補助金を払っているから、それ以上の数を出すと食堂の方も合わないのかもしれない。

孝広は、怒りがさらにこみ上げてくると、課長の顔を睨みつけ抗議しようとしたその時、

「古田さんすいません。私が弁当を買い忘れてきたのがいけないんですから」

ハッと気が付くと相田が深々と頭を下げているではないか。

「いや、相田さんは、何も悪くありませんよ。食事に誘ったのは私ですから」

「いえ、申し訳ありません」

孝広の胸に言いようのない怒りがわいてきた。

「課長、ちょっと待ちなさいよ」

「古田さん。やめてください。お願いです」

相田は孝広の作業服の袖をつかんで懇願するように言った。困惑しているのは孝広の方だ。

「食事のことで……」

「何かあったら、私が会社で何を言われるかわかりません」

二人のやり取りを横目に人事課長は、すたすたと食堂から出て行ってしまった。

不吉な予感

一昨日の昼食時の出来事で孝広は何か割り切れないものが心の片隅にあり、マンションの一室を借りた組合事務所へと向かう道すがら、自問自答していた。

会社は、社員だけでなく、多くの社外の人との共働によって成り立っている。ある人は工場の設備の補修をする人であり、ある人は海から運ばれてくる原料を港で受け取る荷役についている。またある人は製品をローリーで運んでいる。

これらの労働者の多くは企業も異なれば、雇用形態も異なる。当然のこととして賃金も大きくちがう。しかし、誰を欠いても仕事は成り立たない。

それにしても、相田さんもなんであんなに卑屈にならなければならないのだろう。彼も職場に戻れば顧客満足度などといった不明瞭な尺度で、評価されているのだろうか。

技術が進歩すればするほど一人の労働者でできる仕事の範囲は狭くなり、共働や連携が求められてくるのに、個々の労働者に対しては、逆に細かく個人を評価し、さも公正と言わんばかりに賃金にも大きく反映させてくる。

責任の取りようのないことでも個人の評価の対象とし、失敗すれば自己責任だと言う。

こんなことを続けていれば人間そのものが潰れてしまうのではないだろうか。

「おい、何ぶつぶつ言っているんだ」

ハッと気が付くと執行委員の田中が孝広の横に立ってニヤニヤしている。

「いや、職場で面白くないことがあってね」

孝広は頭を掻きながら、一昨日の昼食事件を話しながら組合事務所へと入っていった。

孝広の所属する組合は、少数組合だが、それでも労働者の権利や平和運動で地域の中心的存在となっている。

煙草のにおいが少し残っている部屋には、既に編集委員のメンバーがそろっている。

「すいません少し遅れたかな」

組合機関紙の編集委員会は毎月定例で第三日曜の午後に行われることになっていた。

昔は、仕事が終わってから集まり編集作業をしていたが、最近はメンバーの仕事の終了時刻がバラバラであり、平日の夜に全員集まることができなくなってしまったことから、日曜日へと変更したのだ。

「今月号のテーマは労働法制の改悪だったな」

編集長の田中が、眼鏡をかけなおすようにして皆を見回した。

「改悪の内容は、自由法曹団の解説を載せればいいとして、自分の職場に置き換えた記事を書けないかな」

「金銭での解雇自由化かぁー……」

「八割以上が未組織労働者で無権利な状況だし、経営者の気にくわないという判断だけで、解雇されてしまうかもしれないな」

それぞれが、残業規制が無くなったら大変なことになるとか、過労死が激増するだろう、などの意見が出された。

「それじゃ、それぞれ担当した記事を来週までにメールで送ってください」

田中の一言で、会議は終わろうとしていた。

これから飲み屋で一杯やるのが定番だ。これが目的で編集会議に来る者もいる。もちろん孝広もその中の一人に入るだろう。

その時、孝広のスマホが軽やかなメロディーを流した。

ポケットからスマホを取り出すと職場のマネージャからの電話だ。あまり好ましい電話ではないだろう。不吉な予感がして、孝広は額に八の字を寄せて電話に出た。

「もしもし、古田ですが」

「……ええ、急ぎですか……」

やはり緊急呼び出しの電話だ。

「……わかりました。これから行きます」

不吉な予感は的中した。人事システムが動かないという。

「俺、これから職場に行くから」

孝広は、消え入りそうな声で皆に言った。

人間として扱え

タクシーに乗り込んだ孝広は、スマホを取り出すとマネージャへ電話を入れた。

「もしもし、古田ですが、今そちらに向かっていますが、相田さんにも連絡を取っておいてください。ええ、先日の改造が原因だとは思えませんが、念のためお願いします」

仕事の段取りを付けると今度は妻の洋子に電話した。今日は飲んで帰ると言ってあるので食事はないことになっているが、状況によっては帰宅できなくなる恐れもあるからだ。

「ああ、ぼくだけど、システムが不調らしい。

……うん。明日の朝になるかもしれない」

孝広は、手短に用件を伝えるとスマホをポケットにしまい目をつぶった。月一回の楽しみをつぶされた悔しさだけではない。システム異常と言えばいつでも呼び出すのが当然という上司の態度にも許せないものがある。

孝広の職場であるシステムグループは、工場の心臓部ともいえ、盆だろうが、正月であろうが、システムの異常時は、呼び出され、修復するまで帰れない。孝広は、過去に、三日間家に帰れず対応した経験を持っていた。

車を降りるとカードを差し込んで事務棟の中に入った。

コンピュータルームでは、マネージャと人事課の人間が話し合っている。

「どんな状況ですか」

孝広は、コンソールの前に座るとシステムメッセージを確認しながら尋ねた。

「よくわからないのですが、画面が動かなくなり、全く処理できなくなってしまって……」

画面を見ながら話を聞いていた孝広は、マネージャに向かって言った。

「ＪＯＢが落ちています。ＩＰＬしましょう。それから相田さんはつかまりましたか」

ＩＰＬとは、イニシャルプログラムロードの略で、システムを起動することを言う。

「相田さんは、もう来るころだと思います」

緊急呼び出し手当もないのに、きっと相田は、今頃必死でこちらへ向かっているのだろう。

「それじゃ、シャットダウンします」

孝広は、システムを強制的にシャットダウンさせると、コンソールにＩＰＬコマンドを打ち込んだ。

画面にメッセージが流れる。サブシステムが次々と立ち上がってくる。データリカバリを含めると最低でも二、三時間はかかるだろう。

孝広は、腕組みしたままコンソール画面を睨んでいた。

「やあ、どうもどうも、よろしくお願いします」

声の方を見ると人事課長がポリ袋を持って部屋に入ってくるところだった。

孝広は、画面から目を離し、課長の方を見て言った。

「何かやりましたか」

「いや、私は、業務システムを直接触りませんので、わかりませんが」

人事課長は、眼鏡の縁をつまみながら、孝広の質問から逃げるように応えた。

そうなのだ、彼の業務は部下の管理や、労務政策の作成や徹底で、システムを使った実務などほとんどしない。

孝広は、画面から目を離すと立ち上がって言った。

「明日の朝までには何とかなると思います」

「月末なのですいませんが、急いでお願いします」

にこにこしながら人事課長は、ポリ袋を孝広の前に差し出した。

その時、ふと社員食堂で孝広の袖を引いて懇願している相田の顔が浮かんだ。

孝広は、課長を睨みつけるようにして言った。

「差し入れありがとうございます。しかし、今日の夕食と、長引いた場合の明日の朝食は、どうなりますかね。今緊急呼び出しでソフトメーカーの相田さんを呼んでいますが、また先週のように二人で社員食堂に行くかもしれませんよ」

「え、それは……」

人事課長は、その顔から笑みを消し、口を開けたまま、孝広を見つめていた。

第2章　柵

孝広は、社員専用口を通ってカードを差し込むと、目の前のロッカールームのドアを体で開けた。男の匂いが漂う部屋を出て五階までのエレベータは、少し落ち着く場でもある。最近少し体重が増えてきたとはいえ、昼休みにはランニングを欠かさない孝広は、同年代の中では引きしまっている方だと自負していた。

孝広は部屋に入ると鞄を自分の机に投げ出して言った。

「おはよう」

「おはようございます」

帰ってくる挨拶を背に、孝広は決められたように、そのまま流し場へ向う。

仕事前に朝のコーヒーを入れるのは、何時しか孝広の日課になっていたし、同僚も当然と思っているようだった。

珈琲豆をローターに入れ、ゴリゴリと引く、えも言われぬ、香りが孝広を包む。

この瞬間が孝広にとって、職場における仕事の始まりであり「さあ来い」といった戦闘態勢完了の合図でもあった。

始まりの電話

珈琲を持って部屋に戻ろうとした時、携帯が鳴った。

孝広は、ブルーの作業服の胸ポケットから携帯を取り出すと言った。

「なに」

相手は川崎労連の幹事で、地域合同労組の前書記長だ。

先日の大会で、無理やりに近い形で孝広を後継の書記長にした彼からの電話は、良い話であるわけがない。

「えっ、解雇なの……わかった。今日帰りに行くから」

電話は新たな事件を知らせるものだった。

世の中、特段に不況というほどでもないが、解雇や雇止めが横行し、現に孝広の勤める藤井化学工業も、ご多分に漏れず、希望退職が募集されていた。

もちろん少数組合ではあっても孝広の所属する組合は、希望退職は首切りと同じだと反対の方針を掲げている。

孝広としては、六十五歳の退職前に、趣味の野菜作りにも少し時間をかけたいと考えていたし、もちろん労働運動にもボランティア的に参加していきたいとは考えていた。

そんなおりの希望退職募集は、六十歳定年で再雇用となった、孝広にとっては、悩ましい限りだった。

昨年、地域労連の大会で事務局長を降り、少しゆっくりしたいと考えていた時、そんな考えを見透かしたように合同労組の書記長と委員長が、孝広に合同労組を手伝えと迫った。

これからの闘いの主戦場は地域だと、事務局長時代に孝広が提唱して設立した合同労組からの要請をむげに断ることもできず、書記長を受けてしまった。

珈琲と同僚のカップを持って部屋に入り、席に着くと孝広は珈琲をそのままに、腕組みをして考え込んでしまった。

これで合同労組が抱える解雇者は八人になってしまった。

書記長を受けてきた夜、妻の洋子は目を丸くして怒った。

「なによ。やっと事務局長を降りられたと思ったら、今度は合同労組の書記長を受けたの。俺しかいないって自惚れてるんじゃないの」

「いや、そんなことはないよ。みんな大変なんだ」

彼女には彼女の思惑があったのだろう。その日、彼女の剣幕は、いつも以上に激しいものだった。非専従で事務局長を十年続け、職場から労連事務所に直行し、正月休みに春闘方針を書き上げ、盆休みに年度方針を作る。

そんな生活を続けてきて、これから少しは夫婦の時間ができるだろうと、彼女が思っていたとしても不思議ではない。

しかし、解雇者を八人も抱え、このまま会社勤めを続けたままで、合同労組の書記長としての責任を果たしていけるだろうか。

解雇事件となれば裁判が前提であり、最低でも連続的な団体交渉、要請行動、そして事前の会議や打ち合わせを含め、かなりの時間を費やすことを覚悟しなければならない。

八年間差別争議を闘った経験を持つ孝広は、腕組みをしたまま天井を見上げて歯を食いしばった。

大分運輸不当解雇事件　証人尋問

法廷の傍聴席は、ほぼ満席に近かった。

大分運輸不当解雇事件の証人尋問が進められている。

この事件は、ドライバーが運転前に行っているアルコールチェックで、運輸労組の小森組合員が引っかかり、解雇された事件だ。

もちろん小森は、その事実を否定している。

今日は、双方の証人に対する尋問が行われ、裁判は最終場面を迎えていた。

「宜しいですか、それでは私から」

組合側弁護士による反対尋問が終わった大分運輸の副社長に対し、裁判長は自ら質問を投げかけた。

「会社として情状酌量の余地はなかったのですか」

「えっ……」

副社長は答えに窮し、救いを求めるように会社側弁護士の方を見た。明らかに困っている姿が見て取れる。裁判長は言葉を続けた。

「情状酌量には二種類あります。一つは特別情状と言って、親族の病気など特別な事情を考慮して行うもので、もう一つは一般情状で日常の業務に対する真面目な取り組む態度などから行うものです」

諭すように裁判長は、副社長に話しかけた。しばらくして副社長は答えた。

「役員会の決定ですから」

法廷がどよめいた。

副社長の答えに、さも残念というように裁判長は頷き、法廷を見渡して言った。

「それではこれで尋問を終わります。……再陳はどの程度必要ですか」

会社側弁護士が、となりの同僚弁護士の顔を見ながら言った。

「二ヶ月もあれば」

「原告側は」

「はい。こちらもその程度いただければ」

裁判長と弁護士の間で日程調整が行われ、この日の裁判は終わった。ぞろぞろ裁判所から出てきた傍聴者に向かって運輸労組の書記長が言った。

「今日はどうもありがとうございました。これから報告集会を開きたいと思いますので、労連の会議室までお願いします」

丸顔の小森は、書記長の横で満面の笑みを浮かべながら頭を下げた。裁判傍聴者の約半数は合同労組の組合員だ。孝広は振り返って言った。

「合同労組の皆さんは、時間がある方は参加してください。予定がある方はご苦労様でした」

昼間開廷される裁判の支援傍聴は、労働者にとって参加はかなり難しい。

その点、合同労組は解雇された人や病気（メンタル）休職中の人もいることから、かなりの動員力を誇っている。

小森も解雇され、裁判が始まってからは合同労組にダブル加盟の形で加入している。

裁判の流れからも、みんなの足取りは軽かった。

「先生今日の尋問は成功ですよね」

労連へ向かう孝広は、隣を歩く弁護士に明るく話しかけた。

「もちろんですよ。これからは運動面での詰めですよ」

自信に満ちた顔で弁護士は、孝広や対策会議のメンバーに、さも弁護士としての仕事は終わった、次はあなたたちの番ですよという顔で答えた。

裁判所前の銀杏の黄色い葉が、秋に別れを告げるように風に揺れていた。

判決日の行動計画

月が替わり、会議室には大分運輸不当解雇対策会議のメンバー約二十名が集まっていた。

「ご苦労さまです。先の裁判でもかなりの成果を勝ち取っていると思いますが、より確かなものにするため、今後の計画を今日は決めていきたいと思います」

口火を切ったのは支援対策会議事務局長の細野だった。

支援対策会議は、弁護士を含め地域の労働組合の主要な組織から構成されている。

「とにかく展望は開けているんだから。たとえ小森が酒を飲んでいたとしてもだ」

突然、冗談ともいえない発言が幹事の一人から飛び出した。

「そんなこと絶対ないですよ」

丸顔の小森が泣きそうな顔で反論した。

「ほんとか」

「絶対ないですよ」

小森は、相手をにらんだが、発言した男は笑っている。

いつもこの二人は、疑心暗鬼というか、性格が合わないのか、対立することが多かった。

「わかってます。小森さんとは付き合っていて、そんな嘘をつく人ではないことはわかっていますよ」

弁護士が間に入るようにして二人の発言を遮って続けた。

「飲酒運転に関わる最近の判例は、即解雇は行きすぎだとの傾向が出ています。飲酒運転で重大事故を起こしたのならまた別ですが、小森さんは、アルコールチェッカーに引っかかっただけでの解雇で、立ち会った管理者も小森さんが酔っているようには見えなかったと証言しているのですから」

「とにかく今後の方針に絞って論議してください」

その場を収めるようにして議長の後藤田が言った。

会議では勝利判決を前提として、判決のその日に会社に対して解決を迫ろうということになった。

「九州の本社に誰が行く」

「対策会議議長の後藤田さんは当然として、委員長も行くか」

「ちょっと待て、記者会見は誰がするんだ」笑いながら委員長は提案を遮った。

会議はまるでもう勝利判決をもらったかの様相を呈している。

「古田さん。九州に飛んでくれませんか」

後藤田議長が眼鏡に手をやり、真面目な顔で孝広に話しかけてきた。

「えっ、でも」

突然の提案に、孝広は躊躇した。

「地域労連の代表ということでお願いしますよ」

「地域労連の代表なら労連の議長か事務局長でしょ」

まだ先とはいえ孝広も仕事の日程調整をしなければならない。それに合同労組では労働相談も担当しているし、労組で抱える他の裁判の日程も気にかかった。

「とにかく、一応古田さんということで、飛行機の予約も早めにしないといけないので。うまい鍋も用意しますから」

細野は、確認するように笑顔で孝広の顔を覗き込んだ。

「……検討しますよ」

結局、この日の会議では、判決日の行動として、神奈川支社への要請団、記者会見グループ、本社要請団の大まかな組織が決定された。

孝広は、行けない場合は他の人を探すということを条件に、九州の大分運輸本社への要請団の一員となることを渋々承諾した。

フクロー運輸　劣悪な雇用環境

「書記長、お客さんですよ」

事務所に足を踏み入れた途端、書記次長の神村の声が飛んできた。

合同労組には専従者を雇うだけの財政力はない。神村も労災隠しを告発しようとしたら会社から不当解雇され、裁判を闘っている組合員だ。大企業の下請けで働いてきた彼の労働問題に関する知識は、他の執行委員に比べて群を抜いている。彼はどこでこの知識を習得したのだろう。もっとも、だから解雇されたのかもしれないが。

ところが、彼の所属していた労組は、こともあろうに、この解雇を認めてしまったのだ。きっと労使間での裏取引があったに違いない。

神村の相談を受けた時、孝広は当初躊躇した。下手をすれば相手労組とも闘わなければならないほど彼は所属組合を批判していた。

その心情は、少数組合で苦闘している孝広にも痛いほどわかるもので、特に解雇であればなおさらであり、相談を断ることなどできるはずもなかった。

しかし、解雇された彼がいるからこそ専従者のいない組合事務所が、それなりの機能を維持できていることも事実だが、決して彼は出しゃばらない。極めて優秀な男だと孝広は思っていた。

「遅くなって、どうも」

遅いと言っても土曜日の十時だ。決して早いとは言えないが、予約なしの労働相談がこんな時に限って来るものだ。

「書記長の古田です」

そう言って、いつものように孝広は名刺を差し出した。椅子に座ると鞄からノートとペンを取り出し、三十前後であろう相談者の顔を覗きこむようにして言った。

「問題は何ですか」

待ちかねたように相談者は話し始めた。彼は労働条件が、ハローワークで示された条件と違いすぎる。朝、寮のとなりにあるトラックターミナルから車で積荷現場まで運転していく時間、夜現場から帰る時間は通勤時間として労働時間に加算されていない。こんな長時間働かされたら病気になってしまうと訴えた。

話を聞いていた孝広は、相談者の機関銃のような訴えを遮るようにして尋ねた。

「ところで労働契約書、もしくは雇用契約書を持っていますか」

「ここにあります」

彼は、ハローワークの紹介状と雇用契約書をテーブルに並べた。契約書には、一年契約の契約社員と記されている。

しばらく書類を見ていた孝広は、おもむろに質問した。

「あまりいい条件ではありませんね」

雇用契約書には、地域最低賃金と同額の時給単価が記されている。

それにしても顧客の要求する場所までの往復の運転時間を通勤時間としているのは、ただ働きそのもので、明白な労働基準法違反だ。当然だが、時間外勤務時間もその分少なくなっている。これでは、彼が怒るのも頷ける。

「ところで、寮にいるのですか」

「はい。寮があることを条件で検索したんです」

彼は、家庭の事情から養護施設で生活してきたと言う。しかし、今の制度では、十八歳になると施設から出なければならない。進学か、就職か、などといった選択の余地など彼にはなかったのだ。

就職先を必死で探し、寮完備の会社に就職したが、そこは過酷な労働条件で、逃げるようにして次の会社に移った。その後、寮のある企業を転々としたが、どこも同じようなものだったそうだ。しかし、フクロー運輸程酷いところはなかったと訴えた。

「これは確かにひどいよ。概算だけで月十万円は請求できますよ」

電卓を片手に聞いていた神村は、ノートに金額を書き込んでいる。

その時、携帯と組合の電話が同時になった。

「すいません。ちょっと失礼」

孝広は神村に電話に出ろと指さし、自分は携帯の画面を覗いた。相手はいつもの組合員からだ。孝広は携帯の一時保留ボタンを押して胸ポケットにしまいこんだ。

メンタルを患っている組合員からの電話だ。一日に三度はかかってくる。心配になると何度でもかけてくる。その都度説明はするのだが、しばらくするとまたかけてくる。

「すいませんでした。それでどうします」

孝広は、確認するように説明する。

「私たちは労働組合ですから、あなたが組合に加入して、一緒に交渉するというなら喜んでやりますが、今のままで会社に直接交渉することはできないんですよ。組合員になってからなら、あなたの代理ということはできますが」

「お願いします」

即答で相談者は組合加入を承諾した。

「ちょっと待ってください。今聞いた範囲だと、あなたが直接労基署へ行って訴えても解決できるかもしれませんよ」

「いえ、組合でお願いします」

「わかりました。それでは来週また来てくれますか、今日はこれから執行委員会がありますので時間がありません。概要は伺いましたから、来週までに団体交渉申入書を文章化しておきますので、その時に内容に間違いがないかを確認してもらってから郵送することにします」

そう言って孝広は神村に目で合図を送った。

神村は、小さく頷くと組合加入申込用紙と組合規約、機関紙、そして憲法パンフレットを彼の前に置いて言った。

「申込用紙に記入していただき、加入費として千円、組合費の千円、計二千円を納めていただきます」

彼は、申込用紙を記入すると二千円を財布から取出し、再び頭を下げて言った。

「よろしくお願いします」

「こちらこそよろしく」

孝広は笑顔で青年の手を強く握った。

今日、非正規社員から正規社員になるのは至難の業と言われている。さらに彼は、寮生活から抜け出すことができないでいる。会社は、生きていくのにギリギリの賃金しか与えない。だから彼はまた寮のある企業を探し求める。そこにしか行くことができないのだ。

話の中で彼は言った。

「私の夢は、自分名義のアパートを借りることです」

その言葉が孝広の胸に刺さった。

多くの人が当たり前と思っている生活、親や家族との同居など、彼にとっては別世界であり、テレビや物語の中でしかない。

彼は、普通と思われる世界と隔離された生活を送らされている。目の前に見えている、手を伸ばせば手に入れることができそうなあたりまえの世界に入れないでいるのだ。

孝広には、青年の生活が、まるで見えない柵で仕切られた現代の苦界で、もがいているように思えた。今、多くの若者が直面している困難に対し、自分のしていることが、じれったく、何か空しく思えてくる。

彼が部屋を出て事務所のドアが閉まると孝広は神村に尋ねた。

「さっきの電話誰から」

「労働相談の予約でしたよ。雇止めのようでしたよ。今日は無理だと言ったら来週来るそうです。女性の方でした」

年の瀬が近づいてくると相談も多くなってくる。

孝広はため息をついた。これでまた来週の土日も青年との打ち合わせと新たな労働相談の予定が入ってしまったことになる。今でも十件以上の案件を抱えている。

もうこれ以上は無理だ。自分に言い聞かせるようにして孝広は夜の執行委員会の準備に取り掛かった。

大分運輸不当解雇事件　判決前夜

外は木枯らしが吹いているのに、羽田空港の出発ロビーは、なんとなく明るく感じられた。

「こっち、こっち」

対策会議議長の後藤田が手招きしている。

孝広は周りを見渡して言った。

「細野さんは」

「彼は先遣隊で、昨日九州に行ってもらったよ。僕らはのんびりいこうと思ってね」

いつものんきな、いや人間が大きいのかもしれない後藤田は、大きな腹を揺らして笑いながら搭乗口の方へ歩き出した。

二時間ほどのフライトで、大分空港に着き、そこからタクシーと電車で旅館傍の赤提灯に孝広は案内された。

そこには前日から現地に来ている細野が待っていた。

「ご苦労様です」

「いや、そちらこそ」

案内された店の奥には、九州の各組合の幹部たちが待っていた。

「こちら川崎労連の古田さん」

そう言って後藤田は、孝広を紹介した。

「古田です。よろしくお願いします」

「こちらこそよろしく、ま、ま、堅苦しいことは抜きにして、明日の判決の前祝いとして乾杯しましょう」

そう言って後藤田は、皆にビールを注ぐよう促した。

「明日の勝利判決に乾杯」

「乾杯」

孝広は、少し気が早いのではないかと思ったが、明朝からの宣伝行動と本社要請行動を時間単位に確認すると少し安堵してグラスを傾けた。

明日、決着をつけてやる。そんな思いがみんなの心を軽くしていた。

判決日

孝広は思ったより早く目が覚めた。

モーニングサービスをホテルの喫茶店でとると、大分運輸本社の最寄り駅へと向かった。

駅前には既に地域労連の宣伝カーが横断幕を付けて止まっている。

「おはようございます」

「寒い中、ご苦労様です」

腕に赤い腕章を付けた地元の労組員が、挨拶を投げてくる。コートの襟を立てた通勤客が何事だという顔をして横断幕に目をやりながらビラを受け取っていく。

後藤田がマイクを握り、大分運輸の事件が如何に不当な解雇事件であるかを訴えている。

孝広も訴えろと後藤田がマイクを差し出した。

孝広は、自分が神奈川から来たことを紹介し、この事件はでっち上げ以外考えられないこと、今はやりの下請け化を進める会社が、社員ドライバーを意識的に減らそうとの方針の一環としているのだと訴えた。

ここでは労働争議そのものが珍しいのかもしれなかったが、ビラの受け取りは思ったよりよく、持ってきたビラは一時間もしないうちにすべてなくなってしまった。

「寒いし、判決まで時間がありますから、少し休息を取ってください」

地元の幹部と思われる髭の男が、本社に近い喫茶店へと案内してくれた。

「解決したらみんなで温泉に行こうぜ」

「それは、まだ早いだろ。ハハハハ」

くつろいで、早めの昼食を取ろうとした時、孝広の携帯にメールの着信を知らせる音が響いた。胸の内ポケットから携帯を取り出すと神村からのメールだった。

メールを開いた途端、孝広の顔がこわばった。

不当判決の四文字が目に入った。

そんな馬鹿な、目をこすって画面を見直したが、間違いない。いったいどうなっているのか、孝広は周りにいるみんなにメールの内容を知らせるべきか戸惑った。

自身も解雇されて裁判を闘っている神村が冗談を送ってくるはずがない。

神村は、法廷で携帯電話を使うことが許されないことから、メールでの一報を送ってきたに違いない。まだ法廷は、判決理由を述べているのだろう。

孝広はこの結果をどうみんなに知らせるべきか悩んだ末、後藤田議長に向かってバツの合図を送った。その時何人かの携帯が、けたたましくなりだした。

「うそだろう」

「ほんとか」

店内にいる十人余りの仲間が、それぞれに神奈川からの知らせに驚いている。

「古田さん。これからどうしましょう」

事務局長の細野が、後藤田と古田の顔をかわるがわるに見ながら聞いてきた。

勝利を確信していた対策会議は、今日会社に対し、午後一で要請のアポイントを取っている。

孝広は八年間の争議団経験から、裁判に負けた時の交渉を経験していた。

「要請書はできていますか」

細野は、鞄を開けると要請書を取り出して言った。

「か、勝つと確信していたので……」

「別に解雇の不当性は変わらないのですから、勝利判決を不当判決に変えれば、それほど問題はないでしょう」

孝広は、勝利判決用に作成された要請書に目を落としながら、ボールペンで数か所にチェックを入れた。

「後藤田さん。これでいいでしょう」

後藤田は、黙って頷いた。

「これをすぐに修正してください。要請は三十分くらい遅れると思いますが、問題ないでしょう」

要請団は、慌ただしく準備をすると車に乗り、本社の駐車場に乗りつけた。

孝広は、要請団の副代表として大分運輸本社のドアを押した。

会社は要請団を応接室に招き入れた。

後藤田と孝広は名刺を差し出して挨拶した。

「今日地裁で不当判決がありました。私たちは到底この判決を受け入れることはできません。しかし本日は一つの区切りの日として、会社としても一日も早い解決を決断するよう要請に伺いました。会社の代表はどなたでしょうか」

応接室で立ったまま応対している男が、名刺を出して答えた。

「すいません。社長も専務も留守にしており、総務課長の私がお話を聞くよう言われています」

会社も不当判決が出るとは思っていなかったのだろう。

孝広は、頷くと話し始めた。

「私たち神奈川の労働者は、今まで争議で負けたことがありません。あなたたちが闘うのなら、私たちは、あなたたちより一日長く闘い続けます。不毛な争いは一日も早く終わらせることが会社のためにもなると確信しています」

総務課長は、要請書と孝広の顔を交互に見ながら頷いている。

「彼が飲酒運転などするわけがありません」

「組織を上げて不当判決と闘います」

それぞれが要請を行った。最後に課長は緊張した顔で応えた。

「とにかく皆さんのご意見は、上に報告いたします」

「よろしくお願いします」

勝利を確信していた要請団も緊張しているのは確かだった。

三十分ほどの要請を終え、玄関へ出ると入る時には気付かなかった銀色の小型バスのような車が記念碑のように鎮座しているのが目に入った。

地元組合幹部が苦々しく指をさして言った。

「日本最初の冷凍車です。ベトナム戦争の米兵の戦死者を運んだものです。いわゆるベトナム特需でこの会社は大きくなったんですよ」

これがこの会社の成り立ちなのだ。米兵の血を吸ってこの企業は大きくなったのだ。

要請団は、本社建屋と車を背にして歩き始め、門のところまで出てくると後藤田の音頭で怒りと抗議のガンバローを三唱して、木枯らしの吹く大分運輸の本社を後にした。

雇止めを受けた小山

「いやー、先週は大変だったよ」

孝広は、先週の大分運輸の本社行動を思い出すように神村に語りかけた。

「そりゃそうでしょ。こっちも驚きでしたよ」

神村は他人事として、笑いをこらえているようにも見える。

「おい、今度はお前が行け」

半分怒った顔で孝広は神村に言った。

「私には荷が重すぎるので、お断りします」

笑いながら神村は、その話には乗らないと両手で拒否している。

「今日小山さんが来ると言っていましたよ。そろそろかな」

話をそらすように労働相談の予定を神村は孝広に報告した。

「ところで、フクロー運輸の彼、運輸労組に移籍させたらどうだろうか」

「だめですよ。組合費も高くて彼の生活状況からも無理だし、彼等も、一人だけじゃ受け取ってくれませんよ」

神村は首を横に振って無理だと態度で示した。

「労働組合も費用対効果を考える時代なのかな、労働相談を彼らもやればわかるのにな」

つぶやくように孝広は言った。

神村が首を横に振りながら否定している。

「古田さん無理ですよ。運輸労組だけとは言いませんが、産別の幹部は、交渉能力はあるかもしれませんが、他の職種の職場のことはわからないし、法律も関連法規しか詳しくありませんよ。労働安全衛生法や公益通報者保護法なんて、ほとんど無関心ですから」

黙って聞いていた孝広は、腕組みをしたまま天井を見上げた。

その時、来訪者を知らせるチャイムが鳴った。

「どうぞ」

孝広と神村は声を合わせて答えた。

「失礼します」

背がすらっとして目の澄んだ相談者は、神村の言ったとおり、先日相談を受けた小山だった。

彼女の話では、当初一年後には正規社員の道があると聞かされていたものの、六ヶ月単位の契約を何度も更新しているなかでの雇止めとパワハラの相談だった。

「今日、入院している病院から直接来ました。会社に書類は出しているんですが、傷病手当が入らないのです」

正面に座ったまま孝広は、少し困ったという顔で聞いた。

「傷病手当金は時間の問題でしょう。それより先日会社と交渉した時に、会社は小山さんの真意がわからないと言っていました。もっと会社での出来事を詳しく聞かせてくれませんか。セクハラはなかったのですか」

「酷いパワハラはありましたが、セクハラはありません。今日は時間が無いので、お時間がある時に病院へ来てくれませんか。私は子どもの学費を作らなければならないんです。三ヶ月は入院しますから」

メンタルで入院中の彼女は、外出時間の門限を気にして、自分の要求だけを次々と述べる。

額に八の字を寄せて孝広は聞いた。

「見舞に行ったら会えるのですか」

彼女が入院しているのは精神科だ。孝広の今までの経験では、そう簡単に他人が見舞うことはできないのはわかっている。

　小山は、孝広の目の奥を覗くようにして言った。

「私には妹がいます。妹の主人ということできてください。妹の名前は百合子です」

　しばらく考えてから孝広は言った。

「わかりました。来週中に病院に伺います」

　その答えを聞いて彼女は、少し安心したように頷いて帰って言った。

「来週の日曜日は病院に行かなきゃいけないのかな」

　孝広は、自分に話しかけるように神村に言った。

「自分で約束したんでしょ」

　そう言って神村は、関係ないという顔を返してきた。

「おい、今日はもう労働相談の予定はないよな」

　いつもの時間より早いが、先週の大分運輸のこともあり、孝広は疲れ切ったという顔をして言った。

「今日は帰る。もしお前が付き合うというなら飲みに行くけど」

「古田さんも大変なのはわかりますから、お付き合いしますよ」

　神村は、生意気にも孝広に付き合ってやるのだぞと、渋々承諾したという顔をした。なに、と思ったが、孝広は思い直した。これがこの男のいいところかもしれないと思ったからだ。

孝宏の決断

「ちょっとマネージャと話してくる」

そう言って孝宏は席を立った。

六階のマネージャ席に行くと孝宏は、頭をぺこりと下げて言った。

「ちょっと時間をいただきたいのですが」

孝広より年下で、四十代半ばのマネージャは、書類に目を通していた顔を上げて、何か。という顔で孝広を見上げた。

会議室の方を指さして孝広は言った。

「それほど時間はかかりませんので」

会議室に入ると孝広は、マネージャに退職することを告げた。

マネージャが言った。

「それじゃ三月末の希望退職に応募するということですね」

「いえ、依願退職でお願いします」

なに、という顔でマネージャが孝広の顔を見直した。

「すいません。最後ぐらい自分の生きざまを示しておきたいので」

孝広たちの組合は、少数組合で会社から示されている希望退職の提案についても、事実上の解雇だと反対している。

しかし、八人もの解雇者に責任を持つ合同労組書記長の立場が、孝広を追い詰めていることも確かだった。もうこれ以上耐えられない。それが孝広の結論だった。

孝広としてもこの時期に退職するのは心苦しかったが、日々の労働相談の状況はそれを許さないものがあった。

「わかりました。人事へは依願退職として報告していいのですね」

「はい、お願いします」

確認するようにしてマネージャは席を立った。

誰もいなくなった会議室で孝広は、一人自問自答していた。

これでいいのだ。

自分を必要としている世界があり、その世界は見えない柵で仕切られ、もがいても叫んでも出ることができないほどに頑丈にできているのかもしれない。

幸運にも自分は正社員として柵の外側で生きてきた。この柵を壊す本気の闘いを柵の内側でもがいている人たちとスクラムを組んで進めていこう。これしか今、選ぶ道はない。

合同労組の執行委員会でも、専従者の必要性が論じられ、上部組織の神奈川労連からも孝広への期待が聞こえていた。

一昨日行われた孝広の所属する組合の会議でも激論が交わされ、その場で孝広は、皆に許しを請うようにしてこれまでの闘い、そしてこれからの闘いに向けた決意を語った。

孝広の話に皆が納得してくれたとは思わなかったが、孝広の気持ちは既に固まっていた。あれから丸一日、熟考しての退職通告だった。

ドアを開けて部屋を出ると急に現実に戻ったように感じられた。希望退職で処理すれば、四百万円の退職金の上積みが得られる。依願退職であれば、加算されない。

洋子がこの事実を知ったら激怒するだろう。ひょっとしたら物が飛んでくるかもしれない。まあ、それはそれで事情を説明し、全力で謝ればいいか。孝広は妻の洋子の怒った顔を思い浮かべると、それを打ち消すように首を振った。

大分運輸不当解雇事件　判決後の会議

大分運輸アルコールチェック解雇事件の対策会議は、重い空気に包まれていた。

「可能性としては、どうなんですか」

幹事の一人が、弁護士に問いただした。

「ですから、冒頭説明したとおり、かなり厳しいというのが現実です」

弁護士は、このままでは高裁において、一回の弁論で結審になってしまう可能性もあるとしていた。

地裁の判決が不当であるとはいえ、地裁の審議を高裁でも同様に行うということはありえないことから、全く新しい証拠なり、事実を提起して、別の観点から弁論を開かせなければ、地裁の判断を覆すことにはならない。つまり、同じ証拠や論点で、ただ地裁の判断がおかしいということでは、高裁は相手にしてくれないのだ。

孝広は手を上げて発言を求めた。

「小森さんのアルコールチェッカーでの値は、異常に高く、通勤と昼食の時間を考えると家を出る時、小森さんはベロベロの酩酊状態だったことになりますよね。しかし、小森さんは家を出る時に家族に見送られています。

では、昼食時に飲酒したのかといえば、それはないと店の主人の証言とレジの内容が証明してくれています。飲む時間も場所もないのです。アルコールチェッカーの動作はどうなのか、アルコールチェッカーの理論はよくわからない点もありますが、触媒を用いた化学反応でアルコールのみを検出するとしていますが、これも追及していく必要があると思います」

「それは、さっきも言ったけど、機械を購入して実験しましょうよ」

「インターネット情報だと、ある県警では、誤作動の存在を認める見解を出しているようじゃないか」

孝広の発言に触発されるように参加者からの様々な意見が出された。小森は、大きな体を小さくして心配そうにみんなの論議を聞いている。

後藤田がメンバーを見渡すようにして言った。

「時間が無いので、それぞれに責任を持って進めましょう」

議論の結論として、血中アルコール濃度からの不自然さの立証と、アルコールチェッカーの誤作動を含めた検証を進めることとなった。

事務局長の細野が、議論を纏めるようにして言った。

「医療機関の協力も求めていきましょう。機械の購入と動作確認は、運輸労組で行うこととします」

「おい、ホテルで人体実験を兼ねた酒盛りだぞ、しっかり飲めよ」

「やりますよ」

楽しそうに小森へ話しかけるが、小森の顔からはいつもの明るさが消えていた。

この日の結論から孝広は、労組を通じて、血中アルコール濃度に関わる実験への協力を医療生協へ依頼することとなった。

もちろんアルコールチェッカーの運輸労組による購入と動作確認を含めた実験も決定した。

入院中の小山と面会　雇止め事件

まだ寒さが残る雨上がりの朝、小山と約束していた病院へと孝広は向かった。ターミナル駅から教えられた路線のバスに乗り、聞いていたバス停で降りた。バスの中から病院の建物を確認していたし、特段迷うことはなかったが、バスを降りてから、目指す病院の入り口を探した。

乗用車の入っていく方向を確認して、孝広は鞄を抱え、病院の受付へ足を踏みいれた。

「東病棟三階の小山さんに面会したいのですが」

恐る恐る孝広は、受付の女性に尋ねた。

「どのようなご関係ですか」

「私の妻の姉なので、義理の姉に当たります」

孝広は、間違えないように一言一言を確認するように言った。

「ここに住所と電話番号を記入してください」

手渡された用紙には、入院患者との関係から、訪問者の住所、電話番号等、個人情報に関する全般を記入するようになっていた。

訪問者に対する幾つかの注意事項を聞かされた後、やっと面会者用のカードが手渡された。

孝広は、カードに付いている紐を首にかけると、言われたとおりに通路を右に曲がってエレベータの前に立った。

エレベータを降りると、無人の空間があり、左右に小さいガラス窓の付いた鉄のドアが行く手を阻んでいる。

壁に付いたインターホンを押し、小山への面会を告げた。

しばらくすると看護師が小走りに近づいてきて、鍵でドアを少し開けて言った。

「面会カードをお願いします」

孝広はカードを手渡したが、その時すでに小山は看護師の後ろに立ち、笑顔で孝広を迎えていた。看護師はカードの内容を確認すると面会室になっているのか、個室に二人を案内した。

「お忙しいところをありがとうございました」

孝広が椅子に座るか座らないうちに、小山は深々と頭を下げた。

契約社員を七年間続けてきた彼女の仕事は、大手企業の下請けで、産業廃棄物を扱う職場だった。ご多聞に漏れず、違法な廃棄方法を上司が指示したことに対し、問題提起をしたところ、発注企業の知るところとなり、上司は叱責され、同時に上司からは、逆恨みのような形で嫌がらせと退職強要を迫られているというのだ。

　話を聞いていた孝広は、小山に向かって言った。

「お話では、不当解雇ですし、公益通報者保護法違反だと思います。立証することができれば、労災ですよ」

　小山は、食い入るように孝広の目を見つめていたが、孝広の話を聞き終わると少し安堵したのか、今度は自分の生活上の問題を話し始めた。

「私先日、離婚したんです。子どもは二人いるし、今仕事を辞めるわけにはいかないんです」

「いつごろですか」

「半年前です」

「えっ」

　孝広は次の言葉を飲み込んだ。そして今日はこれ以上踏み込んだ話を聞くより、彼女の当面の生活を守ることが先決だと考えた。

　離婚は、その他の個人的重要な出来事に相当し、労災申請時には不利な条件となる。

　孝広は、解雇は不当であることを説明し、組合として一緒に闘うこと、それにはまず病気を早く治し、退院することが第一だと話した。

　ところが彼女はこれに同意しなかった。

「私、三ヶ月は入院します。だめだと言われても院長にお願いしてでも入院します」

　孝広は驚きを隠せなかった。彼女は、生命保険からの保険金をあてにしているのだろうか。

保険金と傷病手当金で子どもの学費を捻出しようとしているのかもしれない。

自分の体調不良を使ってでも子どもたちの将来と生活を守ろうという怖いほどの迫力を感じざるを得ない。

「わかりました。解雇を許さないということを基本に、会社と交渉しましょう」

彼女の気迫に押されるように孝広は、裁判や労働委員会の活用などを説明すると同時に、会社との交渉による解決方法を示して、家族の生活を最優先する方法を一緒に考えていくことを約束した。

病院からの帰途、孝広は考え込んでしまった。

小山と当面の生活の維持を最優先とすることを約束してきたが、離婚の直後ということだと、かなりのパワハラ的退職強要があったとしても厚生労働省の指針にある「特別な出来事」が優先され、労災申請を行っても認定はかなり難しいと言える。

裁判では、彼女の生活を考えたら時間的にかなり難しいし、労働委員会へのあっせんは相手があっせんを拒否したら時間の無駄となる。

彼女は家族の生活を守ろうと、鍵がかかり、見舞客さえ自由に訪れることを許さない、鉄のドアの向こうに自らの身を置いている。

間違えることが許されない、かなりの難題だと孝広は思った。

大分運輸不当解雇事件　アルコールチェッカーのカラクリ

「おはよう」

孝広が元気よく組合事務所のドアを開けると、既に大分運輸事件の小森が、購入されたアルコールチェッカーを前にマニュアルと思われる書類に目を通していた

「いや、早くこれの動作確認をしようと思って」

頭をかきながら小森が笑顔で応えた。

孝広は説明書を覗き込んで言った。

「理論的にはよくわからんが、触媒を使って呼気中のアルコールを測定するのだから水酸基の極性がポイントになるのだろう。まず空気とアルコールとを分離し、その後抵抗を測るか、燃焼させて測定しているのかな」

聞いていた小森はポカンとした顔で言った。

「そんなことわかりませんよ。私は取り扱い方法しか読んでいませんし、理論的なことは全く解らないし……」

トラックの運転手を仕事としている彼にとっては無理もないと孝広は思えた。

「とにかく君があの日に会社に来る前と同じものを食べて測定してみろよ。それからいろんなものを食べて測定してみることだな」

孝広は、化学会社に勤務していたことから、分析には一定の知識があった。詳細にはわからないが、第一段階でアルコールを選択的に吸着させる。第二段階として、温度変化を利用して

脱着させる。その後、ガスクロマトグラフィー的手法で分析しているのだろう。

測定する気体は人間の体内から出てくるのだから、それほど複雑な気体は混じっているわけがないことを前提としているはずだ。

注意書きには歯磨きをした後は、うがいをよくすること等が書いてあることから、他の成分にも反応してしまうかもしれないことが読み取れた。

孝広はふと思いついた。食品の香料に使用されるエステル類も構造的にはアルコールに似ている。

「小森君。コンビニに行って、いろんなものを買ってきて実験してみたらいいよ。特に匂いのするものがいいな。それからハンバーグもやってほしいな」

「ハンバーグもですか。じゃ、今度みんな買ってきて昼飯食べながら測定しますよ」

笑いながら小森は事務所を出て行った。

静かになった事務所で自分の席に着くと、孝広はパソコンを開き、先日行った団体交渉のまとめを書き始めた。

焼肉屋との交渉では解雇予告手当と退職慰労金の加算で円満解決することで合意していた。パワハラでメンタルを患った労災事件では、損害賠償請求裁判が始まっていたが、これはまだ時間がある。

問題なのは小山の件だ。彼女の入院中に二回の団体交渉を持ったが、双方の主張の隔たりは大きく、このままでは決裂してしまう恐れさえあった。

もうじき退院だから本人も入れた形で一度団体交渉を持ち、会社の態度を直に感じ取ってもらい、その後執行委員を含めて今後の対応を決めていかなければならないだろう。

孝広は、幾つかの案件の経過と今後の方針を纏めて執行委員会の議題として提案するつもりだ。

それにしても大分運輸の件は、かなり難問と言えた。

アルコールチェッカーは運輸労組の財政で購入し、昨日からその実験の準備を進めているが、もう一つのアルコール血中濃度の実験をどういう形で進めるか。

しばらく考えていた孝広は、受話器を取って医労連の幹事に電話をかけた。

「ええ、先日もお願いしましたが、アルコールの血中濃度を飲酒量と経過時間との関係で測定したいんですよ……はい。……もしほかの方法を提案していただければありがたいのですが……」

電話の向こうで沈黙が続いていた。

「とにかく、ホテルとビデオカメラは準備しました。……それから経費がどの程度かかるかも大まかでいいので知らせてください」

相手も困惑しているのがよくわかった。

「……はい。返事を待っていますので、よろしくお願いします」

そう言って孝広は静かに受話器を置いた。病院に人体実験の片棒を担がせようとしているのだから、無理な依頼であることは確かだった。

執行委員会の議題には、アルコールチェッカーは当該と運輸労組で実験中、アルコール血中濃度の測定は、医労連に依頼中とした。

頭の痛い案件がいくつもあるが、大分運輸の件は特に孝広の頭を悩ませ続けていた。先の対策会議で、弁護士も現段階ではお手上げ状態であり、この実験に一縷の望みを託しているような雰囲気があった。

孝広は天井を見上げ、ため息をついた。

小山の団体交渉

団体交渉が開催されている労働会館の会議室は張りつめた空気に包まれていた。

「それじゃ、こちらの要求はすべて拒否ということですか」

「前回検討すると言ったのに、約束が違うじゃないですか」

「いや、パワハラの件は既に謝罪も行い、小山さんも納得していたはずで、小山さん自身の要望で退職すると申し出られたという事実経過を言っているだけですよ」

「ですから、彼女はパワハラでメンタルを患い入院していたんですよ。正常な判断ができる状態ではなかったのは明らかですよ」

孝広は、顔を紅潮させて相手に迫った。

「私たちは、これは労災であり、ことの発端は違法投棄の告発ですから、公益通報者保護法違反だと言っているんです」

孝広と委員長は交互に会社に対して抗議とも言える発言を繰り返していた。

先の交渉では、組合の要求として、病状の回復まで社員として休職させる。回復したら復職させる。それまでの期間は一時金を含め賃金の補償を行うというもので、これを会社が検討してくるというものだった。

交渉団の左隅に退院してきたばかりの小山が、ことの成り行きに固唾をのんで聞き入っている。

孝広は怒り心頭という顔で発言した。

「最初から会社がそういう態度なら、私たちも労災申請なり、裁判に持ち込むなり別の考えがありましたよ。しかし、会社も話し合いで解決しようというから、交渉を続けてきたんじゃないですか」

「いや、話し合い解決という点では今も考え方は変わりませんよ」

苦し紛れの会社の対応が続く。

「それじゃ、再検討していただけるということですか」

孝広は、たたみかけるように相手の目を睨んで言った。

会社側の代表格の総務部長が小山と孝広の顔を交互に見ながら言った。

「検討するのに少し時間をください」

委員長が小さく頷き、組合側の一人ひとりの顔を見て確認しながら言った。

「それでは会社として再検討するということなので、再度の交渉を持つこととします。時間と場所は、書記長とそちらの担当者で相談してください。それでは今日はこれで終わりとします。よろしいですか」

そう言って委員長は、組合交渉メンバーと会社側に確認を取り、深々と頭を下げ、この日の交渉は終わった。

会場を出ると小山が孝広のところに駆け寄ってきた。

「酷いですよ。でも今まで組合が説明してくれていたことがよくわかりました」

彼女の顔には不安と動揺の色が見て取れた。

「会社も検討すると言っていますから、今度こそはまともな回答が来ると思って安心して待っていてください」

交渉前、彼女が安心できるような結果を望んでいたが、結果はその逆であり、病状の悪化を招かなければいいがと心配になり、孝広は努めて明るく振る舞わなければならないと感じていた。

「大丈夫ですよ」

空気を察して神村が彼女に話しかけた。

「よろしくお願いします」

彼女は深々と頭を下げて、交渉の礼を述べたが、明らかにその顔には不安が漂っていた。

空は五月晴れなのに、出席者の心は曇天のように重いままだった。

大分運輸不当解雇事件に光

「ああー、疲れたよ」

団体交渉の疲れから、孝広たちは、ため息をつくようにして組合事務所のドアを開けた。

「古田さん。当たりですよ」

にこにこしながら小森が孝広の帰りを待っていたという顔で声をかけてきた。

「何が当たりなんだよ。こっちは大変だったよ」

「当たり、当たり、大当たりですよ。古田さんが言っていたハンバーグもゼリーもアルコールチェッカーで値が出たんですよ。一番はバームクーヘンでしたよ。カウンターが振り切れちゃいましたよ」

小森はそこまで一気にしゃべるとアルコールチェッカーのデータ用紙を孝広の前につきつけた。

「本当か」

孝広も小森に抱きつくようにして肩をつかんで喜んだ。

「そうか、やったな」

孝広は、これで少し道が開けたと直感した。やはりそうだったのだ。エステル系も反応するのだ。孝広は、ハンバーグが香料の塊のような品物だと、ある香料メーカーの技術者から話を聞いたことがあった。だからハンバーグは二度温めない。一度温めると香料が飛んでしまい、再び温めても肉のうまい匂いは出てこない。

だからハンバーグ店では一定時間経つと温めたハンバーグを廃棄してしまうのだと言っていた。

「検出できた食品の一覧表をデータと一緒に作っておけよ」

「わかりました」

小森は、嬉しくてしょうがないのか、丸い顔を左右に振るようにして皆にデータを見せている。

「よかったな、小森」

団体交渉に参加した皆も疲れが吹き飛んだように喜んでいる。

ホテルで、小森に焼酎を飲ませて行ったアルコール血中濃度測定と呼気濃度の実証人体実験でも、一定の見解が出せそうだと感じていた孝広は、アルコールチェッカーの信頼性を崩せば、かなりの成果で、高裁で闘えるとの確信が生まれてきていた。

立て続けに起こる難事件

月に一回の執行委員会は、執行委員のほぼ全員が出席して開かれる。

「小山さんの件は難しいな」

委員長が、つるつるの頭をなでながらつぶやいた。執行委員の皆も困ったという顔でいる。

孝広は、意を決したように話し始めた。

「確かに労災は難しいし、職場復帰を会社は頑なに拒んでいます。しかし、会社も困っているはずです。この際、彼女の家族の生活を第一と考え、退職を前提として健康保険の任意継続と、解決金で当面の生活費を確保して、その後、雇用保険でつないだらどうでしょうか」

孝広は、小山が強く要求していた学費の捻出と生活費の確保を二年程度と考え提案した。傷病手当金は一年半使える。その後約一年間は雇用保険を使えるだろう。そして学費の捻出は、解決金で何とかできるのではないかと考えたのだ。

神村が、補足するように言った。

「それなら相手も飲むかもしれませんね。公益通報者保護法を前面に立てていきましょうよ」

「よし、それでいこう」

委員長の一言で、小山に対する案件は、事務折衝を含め会社との対応が書記局に一任された。

「次にオイルメーカーのＮＥＯＳのメンタル労災ですが、先週労災不認定の通知がきました」

「えっ」

皆の顔が孝広に集中した。委員長には報告してあったが、多くの執行委員にはまだ知らせていなかった。今まで労災での不認定を組合として経験したことはなかった。

「審査請求に持っていくのか」

執行委員の一人が尋ねた。

孝広は、おでこに手をあてて応えた。

「当面そうするしかありませんね。行政訴訟も考えますが、手順は踏まなければ」

労働安全衛生法が改悪され、労基署判断だけを持って行政訴訟を行うことはできなくなっている。

「今までの取り組みではだめだと思いますので、対策チームを組んでいきたいと思います。レジュメの後ろにメンバー表を作ってありますので」

「おい、手回しがいいな」

誰かが言った。

「しょうがないでしょ。審査請求となれば担当者任せはできないでしょ」

神村が当然という顔で応えた。

「お前何時から書記長になったんだ」

笑い声が部屋を包んだ。

「よし、それじゃメンバー表に異議がなければ……」

委員長の言葉が終わる前にそれぞれが勝手に話し始めた。

「俺、労災得意じゃないしなあ」

「バカ、得意な奴がいるか」

「いい人選ですよ」

選ばれた者は躊躇し、選ばれなかった者はそれでいいという顔をしている。

皆の発言が下火になったところで孝広が言った。

「もう一つ難題があります。佐藤組合員の雇止めの件です」

皆が困ったという顔で再びレジュメに目を戻した。

佐藤組合員の雇止め事件

佐藤は、図書館の司書として勤務していた。公共図書館の多くは現在、指定管理者制度によって大手書店にその運営が委ねられている。指定管理者は、毎年の入札によって決められる。業者の変更は、より安価な業者ということだが、建物も設備も同じなのだから、安くする部分は人件費しかない。その結果、落札した業者は人員削減をし、佐藤は失職したのだ。当然、孝広は行政の関係部署へ要請を行い、雇用の継続を申し入れた。

要請に対し、担当者は言った。

「機能が損なわれない範囲での変更は、個別企業の判断ですから」

孝広は、執行委員の皆を見渡しながら続けた。

「こんなことを許せないのは当然なんですが、今の制度では、これ以上は難しいと言わざるを得ません」

「おい、何もできないのか」

「もちろん落札業者にも要請しましたが、彼らは入札条件の中に人数はないと言っています」

「これじゃ企業と行政が一体となった解雇じゃないか」

孝広は髪の毛をわしづかみにし、困ったという表情で、発言を続けた。

「こんな理不尽な話、納得できませんが、現状では手の打ちようがありません」

「そんな馬鹿な話があるか」

「おかしいよな」

会議は、まとまりそうもなかった。

神村がレジュメに目を落としていた体を起こして言った。

「これが労働組合としての限界じゃないんですか、私たちは神じゃないんです。すべてを解決できる力は持っていないんです」

部屋は静まり返った。

「労働法規も万能ではありません。六十年代から七十年代は闘って法律を変えてきたと聞いています。いま私たちは闘っています。この闘いを明日へつなげていく、その希望というか、望みを持って佐藤さんの件は、運動として位置づけていきましょうよ」

神村の発言は孝広の胸をえぐった。

そうなのだ、働く者の生活や権利は、労働運動だけで担えるものではない。

委員長が、神村の言葉を引き取って言った。

「神村君の言うように、佐藤君の件は総合的な運動と闘いが必要です。今すぐにという点では難しいですが、行政の姿勢を正す運動に私たちとしても責任を持って取り組んでいくことだと思います」

誰かが怒ったようにつぶやいた。

「誰のための行政改革だ」

「神村お前何が言いたいんだ」

「ですからもっと広い視野で私たちの権利や生活を捉えていくべきで……」

「具体的に佐藤君の件をどうするの」

「結局、安かろう悪かろうの世界か」

それぞれが勝手に持論を述べだした。

神村が困ったという顔で応じた。

「ですから、私たち労働組合は、万能の神ではないんです。既存の法律や制度とも闘っていかなければ難しいと言っているんです」

委員長は、みんなを見渡して言った。

「この件は、議員さんとも相談しながら、私たちの課題として捉えていく必要があると思います。この論議は引き続き行っていきましょう」

委員長は、皆を見わたし、異議のないことを確認すると言った。

「皆さんの方から新たな提案が無ければ、これで執行委員会は終わりますが、さっきも言ったとおり、来週は小森君の高裁と神村君の地裁があります。時間がある人は、支援に行ってください。ご苦労様でした」

「おい、神村の件は書いてなかったが、いいのか」

腰を上げかけた皆が神村を見た。

「私の裁判も大詰めですが、下手をすると労働組合同士の労労対決になる可能性がありますので、三役で検討してもらうことになっています」

神村は、これまで彼の所属していた労組の上部団体への要請を行ってきた経緯や、その時上部団体役員のとった態度から、会社の言い分を丸呑みしていること、むしろ組合も彼を企業から切り離そうとしていることなどから、多分金を握らされているのであろうことを説明した。

「わかったが、いったい世の中どうなっているんだ」

吐き捨てるように言って執行委員たちが立ち上がった。

「いろいろありますが、時間がある方は、天龍で一杯やりましょう」

孝広が書類整理をしながら呼びかけた。執行委員会が終わると、いつも軽く一杯やるのが決まりのようになっていた。時には、執行委員会より店での論議の方が真剣になる。孝広は、これも必要悪と考えていた。

大分運輸不当解雇事件　東京高裁に臨む

孝広は、ＪＲ新橋駅で下車し、日比谷公園の木陰を通って東京高裁に着いた。

昨日、夜遅くまでかかった弁護士を含めた対策会議で、議論がたたかわされた。

二つの実験から得た新たな知見を基に書かれた準備書面は既に提出されていたが、高裁がこれをどう判断するか。また高裁の判断に対し、こちらの対応をどうするかだった。

その準備書面には、アルコールチェッカー誤作動食品一覧と実証実験がまとめられており、要旨以下のことが述べられていた。

《地裁判決は、小森原告が十四時の測定直前に飲酒した可能性を示唆している。

しかしアルコール減少率は、一般に飲酒後若干の時間が経過した後、血中濃度は最高値を示し、その後減少していくことが医学的にも知られている。

厚生労働省の「ｅヘルスネット」アルコールの基礎知識・アルコールの吸収と分解には「体内に摂取されたアルコールは、胃および小腸上部で吸収されます。吸収は全般的に速く、消化管内のアルコールは飲酒後一〜二時間でほぼ吸収されます。吸収とともに分解も速やかに開始されます。アルコール分解の最初のステップは主に肝臓で行われ、その後は筋肉が主体となります。飲酒後血中濃度のピークは三十分〜二時間後に現れ、その後濃度はほぼ直線的に下がります」と記述されている。

つまり、飲み終わった直後は、飲んだアルコールがすぐに全量体内に吸収されず、徐々に吸収されるため時間的遅延が生じるのである。

今回の実験結果を示したグラフ「小森組合員の実証結果」でも飲酒終了後二時間程度は血中アルコール濃度の低下は見られていない。(測定初期のフラットな部分は、アルコールの吸収による増加と、アルコール分解による減少が拮抗していたと思われる)

ここで注目すべきは、アルコールチェッカーでの一回目のアルコールチェックと二回目のアルコールチェックの間は二時間四十分であり、会社の主張する直前での飲酒が事実であれば、一回目の〇・三五四と同程度の値が、二回目も検出されなければならない。

しかし、二回目の値は、〇・一五七であり、会社はその主張の中で平均的日本人のアルコール減少率と合致するとしている。つまり直前の飲酒ではないと主張しているのである。

直前の飲酒でないならば、どの時点で飲酒したのか、この点では、第一回目のアルコールチェック前に飲酒することができる時間帯は同僚三名が洗車を終えて乗務員控室に帰ってきた十一時以前ということになる。（十一時三十分には四人で昼食をとっており、その後彼らと談笑している）飲酒できる可能性のある十一時〇〇分以前の時点での推定焼酎摂取量は、五七四ml以上、つまり焼酎約〇・八本分を会社に到着後、飲酒したことになる。

会社に到着した時刻は十時二十分であることから、同僚が乗務員控室に入ってきた十一時〇〇分ごろまでの約四十分間に焼酎〇・八本分を飲み干したとするならば、急性アルコール中毒により生命も危ぶまれる飲み方をしたこととなる。

これより以前に飲んだとするならば、飲酒しながらハンドルを握って出勤する。もしくは焼酎約一本を飲み干し、歩くことも困難な状態で家族に送られて家を出たことになる。

いずれもあり得ないことである……

……被告は、ウィドマーク法の算定式を用いて、データの信頼性を示そうとしているが、そもそもこの算定式は、血中濃度を測定できない場合に、呼気濃度から大まかな血中濃度を求めるために算出する方法である……

……以上のことから、地裁判決で根拠としたアルコールチェッカーで検出された数値が誤りであり、小森原告の飲酒運転は、医学的にもあり得ないことがわかった》

準備書面として提出した内容には、対策会議として少なからぬ自信を持っていた。

しかし、地裁判決を経験した孝広は、少し苛立ちを覚えてもいた。

法廷での裁判官の発言を固唾をのんで皆が待っている。

「では……双方、よろしいですか」

裁判官の言葉に弁護士が頷いた。

「それでは双方の代理人の方……お願いします」

満席の傍聴席の中ほどにいる孝広にはよく聞き取れない部分もあった。

法廷から出てきた弁護士が、支援傍聴に参加している人たちを手招きして言った。

「和解の提案が裁判長からありましたので、和解のテーブルに着くことを了解しました。次回は八月十日です」

裁判長からの和解提案については、一定の条件は付けているものの、昨日の対策会議でも原則的に受けることを確認していた。

「今日は、ご苦労様でした」

後藤田が小森と並んで頭を下げ、この日の法廷は終わった。

和解　小山の雇止め事件

蒸し暑く、クーラーは入っているのに部屋には不快感が漂っていた。

「古田さん電話取ってくださいよ」

神村に言われて孝広は我に返った。

「もしもし労連ですが、えっ、労働相談ですか」

隣の神村がにやりと笑った。しまった。受話器を取ってしまった。神村が受話器をとっていれば、彼が担当者になるはずだ。受けた人が当面の担当者になることが暗黙の了解となっている。

パワハラでメンタルを患った小山の案件が、会社との交渉で和解し、ほっとして頭がボーっとしていたのだ。彼女の件は、団体交渉以外に三回の事務折衝で解決金の額が決まり、何とか解決に持ち込むことができた。半年契約の契約社員であったことから、半年分の賃金に見合う解決金で了解することとした。

この金額は、学費として一年分に相当する額だから、目標はほぼ達成できたことになるし、当面の生活資金としての傷病手当と雇用保険は、当然の権利であることから何の問題もなく会社も認めた。

「……それでは、明日にも事務所の方へ来て詳しい話を聞かせてください。あっ、それからお名前は……渡辺さんですね。私は古田と言います」

受話器を置くと孝広はため息をついた。これでまた明日の予定が入ってしまったのだ。

「こんにちは、暑いですね」

振り返ると小山ではないか、

「どうしたんですか」

孝広が驚いて尋ねると、彼女はハンドバックに手を入れ、財布を取り出した。

「組合費を払おうと思って。それから少し話を聞いていただきたくて」

合同労組には、給料からの天引きというものがない。組合員はそれぞれが自分の都合の良い日に組合費を支払いに事務所へ来てもらうことになっている。不定期だが月に一回程度の組合員交流会も設定しているので、この時に支払う組合員も多い。

合同労組は、一職場一組合員というのがまだ多数派である。だから一人ひとりの悩みをみんなで聞く機会を持たなければ、組織的連帯や団結など生まれてくることもない。

執行委員会は、いろいろな知恵を出しながら団結と連帯を作り出そうとしてきた。機関紙は必ず、名前入りで組合員が抱える問題を紹介し、その問題が現在どうなっているかを毎月報告している。

学習会も定期的に開催する努力をしている。ほとんどの組合員は労働者的基礎知識や権利意識を持っていないからだ。

「ご苦労様です」

神村が、領収書を書きながら小山に話しかけた。

「昨日ハローワークに行って古田さんがおっしゃる、支給開始時期の延期をお願いしたら、申し出た日までの支払い分はなくなっているというんです」

ペンを持つ手を止め、彼女を見ながら神村が言った。

「それはおかしいですね。事情を説明しましたか」

案件が解決した時、孝広は彼女にハローワークに行って病気を理由に雇用保険の支給時期の延期を届けるように言った。

　雇用保険は働ける体でなければ請求できないし、解雇なのか復職なのかを争ってきたのだから、今まで請求できなかったのは明らかで、だからこそ孝広は合意書を持ってハローワークへ行くことを進めたのだ。

　しかし、ハローワークの職員は、それを無視したという。最近、ハローワークの窓口の職員も非正規の職員が多い。彼らは、マニュアルにそった対応しかできない。少し条件が異なると全く対応できないのだ。まして労働争議に対する対応などマニュアルにあるわけがない。

「神村君、明日にでも時間があるところで小山さんとハローワークへ行ってくれないかな」

「いいですけど『所長を呼んでください』ですよね」

　神村はそう言って笑った。神村が解雇された時、離職証明書に記載されている離職理由と事実は異なっていた。孝広は、訴状を持って神村に付いて行き「所長を出してください」と言って離職理由を変更してもらった。離職理由の変更権限は所長が持っているのだ。今度はその経験を活かして彼女への支給条件の変更をしてもらいたいと孝広は思っていた。

「それじゃ明日、よろしくお願いします」

　安心したという顔で彼女は帰っていった。

「じゃ、俺も今日は帰るよ」

　孝広は、明日の高裁での和解交渉が気になり、自宅へ帰ってゆっくりビールでも飲みながら考えたいと鞄の紐を肩にかけた。

大分運輸不当解雇和解交渉

　東京高裁の和解交渉は、長時間にわたっていた。

　待合室に弁護士が戻ってきた。

「先生どうでした」

　支援に駆けつけている労働者が、裁判官との話し合いから帰ってきた弁護士を包み込むようにしてその報告を聞こうとしている。

「裁判官は、準備書面の内容は理解していたけれど、あの検証データでは、飲酒していなかった証明にはならないと言っています」

「何で」

「そんな馬鹿な」

　すかさず孝広と後藤田が聞き返した。

　弁護士は、諭すように支援者の方に向かって言った。

「確かに、裁判官が言うように、このデータでは不自然さは証明できますが、飲酒していないという証明にはなっていません」

　孝広は歯ぎしりする思いだった。

　少なくとも、泥酔状態で職場へ来たことを否定できたのだから、これ以上の証明は必要ないのではないか。

　孝広は、単純にそう思えて仕方なかった。

弁護士は、孝広たちの不満を押さえようと手で落ち着けと合図しながら続けた。

「裁判官は、会社の弁護士には、何処で飲酒したと主張なさるのですか、と言ったそうです」

なんということだ。裁判官は、双方に不利な条件を示し、和解を強力に進めようとしているのだ。

「こんな無茶苦茶な地裁判決を万が一にも確定させるわけにはいきませんよ。先生、退職金の問題を含め、彼が自主退職の形を取れるなら、組織としては和解に合意しますよ」

運輸労組の支部長が苦渋の決断を下すように言った。

弁護士は無言で頷き、席を立った。

小森は、黙って拳を握りしめていた。これが現実で、これが今日の俺たちの到達点だ。孝広も悔しくて仕方なかった。

実証実験もやった。小森にあれを食え、これも食えと言った。必ず無実を証明してやるとも言った。いったいあの時、自分の口から出て言った言葉は何だったのか。

生暖かいものが孝広の頬を伝って落ちた。孝広は無言で小森の肩をたたいた。小森は立っている孝広の目を見上げている。

孝広は小森の肩に手を置いて言った。

「すまん。……事務所に戻る」

既に結論は出てしまった。

「ありがとうございました」

小森が肩を落としたまま孝広の手を握った。何故これほどまでに会社は解雇に固執するのか。彼の家族との昨日までの生活は、これで一転することになる。一時的かもしれないが、アルバイトや契約社員をしてでも、彼は彼と彼の家族が生きていくために遮二無二働かなければならなくなるだろう。

彼は、這い上がることが極めて困難な、柵の向こうへ突き落されたことになる。悔しさと、空しさがこみ上げてくるのを押さえ、孝広は初秋の日比谷公園を足早に駅へと向かった。

見えない柵が壊れるまで

まだ十月だというのに庭のつつじは、狂ったように紅葉していた。資料が詰まった肩に食い込む鞄を下げ、孝広は家を出た。孝広は、合同労組定期大会の開始一時間前に会場へ着いた。

「おい、何人確認できた」

孝広は、大会議案書を抱えたまま、先に着いていた神村に尋ねた。

受付の机を並べていた神村は、振り返ってにやりと笑ってこたえた。

「大丈夫。委任状を含めて過半数になることは確かですよ」

大会の前日である昨日の夜遅くまで、組合員に参加の確認をしてきた。

合同労組は、企業内組合と違って、職場も地域もバラバラなのが実態で、連絡も執行委員を中心に組合員一人ひとりに電話での確認をしなければならない。

「おはよう」

「おう、元気だったか」

久々に顔を合わす組合員も多い。それぞれに笑顔で会場に入ってくる。孝広は、その一人ひとりに握手と笑顔を振りまいた。昨日まで不安だった大会成立に必要な参加者と委任状は、皆の協力もあって、ほぼそろっていた。

大会は、委員長の挨拶、来賓の挨拶と型どおりに進み、孝広は書記長として大会議案の提案に立った。マイクの前に立った孝広の脳裏にＮＥＯＳの労災事案が頭をよぎった。

「無権利な職場環境で、過酷な競争を押し付ければ、職場の人間関係は自ずと壊れてしまいます。

過労死やメンタル疾患は、今日のブラック企業に代表される無法な競争社会を作り出そうとしている労務政策の産物で、労災であり、人災です」

孝広は、毎日のように来る相談者から聞く訴えに、怒りを覚えていた。

なぜこんな職場になってしまったのか。

集団的英知を集めて素晴らしい製品を作り出してきた日本の経済成長の歴史を、何時忘れてしまったのか。

今日、青年の過半数は、非正規であり、その扱いは家畜以下で、人間として扱われていない。

孝広は歯ぎしりするような思いで提案を続けた。

「今年度は、組織的にも財政的にも自立に向けた基礎作りを進めると同時に、労働相談体制の確立を含め、組織拡大で前進を勝ち取ることができたと考えます。

今年度解決した案件は、東部パワハラ解雇事件、岡田タクシー懲罰事件、フクロー運輸賃金未払事件……の計十六件の案件を解決することができました。

一方、新たな事件や継続している案件としては、ＮＥＯＳ労災事件、ナカヤマ過労死事件……の十件があり、神村君の案件は、大詰めになっているものの組織的に極めて複雑です。

これら労働相談から出発した案件の解決により、本年度の組織拡大は三十二名で目標の二十名を大きく上回りました」

大会参加者が、それぞれ主人公として闘ってきた歴史を確認するように大会議案書を見つめ、孝広の提案に聞き入っている。

「特筆すべきは、大分運輸不当解雇事件です。産別組織の枠を乗り越え、地域の労働者の団結でこの闘いを不十分ながらも解決させることができましたし、小森さんは解決後も執行委員として残ってくれることとなりました」

会場から拍手が沸き起こった。

孝広は、拍手を押さえるように左手を上げて続けた。

「しかし、残念ながら脱退者も多く、実増としては九名で、二〇一四年十月現在、組合員数は約百名にとどまっています」

孝広は大会参加者一人ひとりの顔を確認しながら実感していた。

ここにいるみんなが、勇者なのだ。

圧倒的多数は見えないところで泣き寝入りしているのが実態だし、また解決して去っていく者の多くは、今日の生活しか考えられない状況に追いやられているのも現実なのだ。皆で見えない柵を乗り越えていこう。いや、こんな柵は粉々に壊してやる。

今は小さいかもしれないが、皆の力を合わせて地域から変えてやる。

ここに集まった人たちは、次の相談者を支えることを約束し、闘うことを自覚した労働者の先鋒なのだ。

共に闘うことを、そして支えることを約束してくれている人が今年は九名増えた。

孝広は、この道を選んだことに確信を持って、組合員一人ひとりの顔を見つめていた。

第３章　不同意

孝広は、ザックを背負って百円コンビニのドアを開けた。

汗ばんだ体にクーラーのきいた室内は心地よく感じられる。

店の一番奥に並んでいる清涼飲料水の中からレモン水のペットボトルをつかんでレジの前に並ぶ。

道路に出ると八時台だというのに、まだ昨夜の余韻が残っているのか、細い路地には酔いつぶれた女を男が介抱している。

もうじき九時になるというのに、ここは、まだ真夜中なのかもしれない。

孝広の組合事務所は、繁華街の一角にあるマンションの一室で、こんな光景にも慣れっこになっているが、それでもいい加減にしろと言いたくもなってしまう。

「おはようございます」

孝広は、ごみを片付けているマンションの管理人に挨拶を投げながらエレベータに乗り込んだ。

事務所は１ＤＫを改造したつくりで、机が並ぶ事務エリアと十人程度の会議を開くことができる会議用のエリア兼労働相談エリアが本棚で区切られている。

孝広は、机の横にザックを下すと壁に掛けられた予定表を見ながらペットボトルを口に持っていき、パソコンの電源を入れた。

「おはようございます」

神村が帽子を取りながら部屋に入ってきた。その時、電話が鳴り、孝広は、振り向いて受話器を取った。

「もしもし、地域合同労組ですが」

「おはよう、孝ちゃん元気」

電話の相手は労働相談センターの篠原純子からだ。彼女は、時々困惑するような事件を扱えと合同労組に無理やり相談を振ってくる。通称、無茶振りの純子だ。難題の時ほど彼女は、簡単な相談だというように軽快に話かけてくる。この手の電話は危ないかもしれない。直感的に孝広は身構えた。

「……ええ……パワハラなんですね、……いいですよ。……事務所に来るように言ってください。……はい」

やはりかなりの難題だ。

電話の中身はメンタルを患って解雇されそうな女性を紹介したいという。なおややこしいことに、本人は労災を申請したいと言っているらしい。

「それじゃ、よろしくね」

無茶振りの純子は、最後まで明るく話して電話を切った。

「引き受けたんですか」

横で話を聞いていた神村が、大丈夫ですかというように孝広の顔を覗き込んだ。

神村の質問に孝広は直接答えずに言った。

「今日来るそうだ。パワハラで、メンタルらしい」

それだけ言って孝広は、レモン水を口に含んだ。

神村も、ああそうですか、という顔で自分の椅子に座り、パソコンのスイッチを入れ、黙々と作業を始めた。

栗田の労災申請

孝広が昼の弁当を買って戻ると、神村が待っていましたという顔をして言った。

「お客さんが、お待ちですよ」

孝広は、買ってきた袋を後ろに隠して言った。

「今日労働相談センターから紹介のあった栗田さんですか」

「はい、栗田と申します。よろしくお願いいたします」

相談エリア中央の椅子に座っていた女性は立ち上がり、孝広に頭を下げた。端正な顔立ちとは逆に、彼女の肌は張りが無く、見るからに病人という風体だ。孝広は、ポリ袋を自分の机の上に置き、彼女の前に座ると言った。

「大体のお話は篠原さんから伺っていますが、仕事の内容と、会社の状況をもう少し詳しく教えてください」

そう言って、孝広は、ノートを広げて具体的な職場環境、彼女の仕事、そして病状と企業の経営状況等を聞きながら、ノートに書き留めていく。

「すると、仕事が無いわけではないのに法人清算するということで、退職を強要されているのですね」

「はい、親会社が私たちの会社へソフト開発を発注するより、会社ごと吸収したほうが利益が出ると判断したのでしょう」

彼女の勤務するサンクシステムは、大手ソフトメーカーの下請けとして長年事業を行っており、社長も専務も親会社から送り込まれているという。

しかし、下請けに出すより、社内での開発か、中国など海外への発注の方が利益が出ると判断をしたのだろう。

「社長と親会社の専務とのメールのやり取りが、転送されてきた事務連絡に付いていて、その中で会社清算にあたって不要な人の名前が書いてありました。……その中に私の名前があったんです……」

「ちょっと待ってください。それは一般的事務連絡のメールに、誤りか、故意なのか、不明ですが、添付されていたということですか」

「はい……わかりませんが……」

孝広の身体に悪寒が走った。

「ということは他の人にも送られたということですよね」

「ええ、多分……」

会社を清算するという方針を打ち出し、プロパーとして雇用されている彼女を自主退職させようと、間接的に退職勧奨するという卑劣なやり方をしてきたのだ。

「栗田さん。セクハラは、ありませんでしたか」

「えっ、……セクハラといえるかわかりませんが、社長から職場の懇親会でいつも、もう一軒行こうと誘われましたが……」

彼女の話では、入社当初、一度だけ一緒に次の店へ付き合ったという。

その時、クラブかバーに連れて行かれ、チークダンスを強要され、逃げるように帰ったことから、二度と誘いには応じなかったという。

「それって、パワハラ的セクハラですよね」

横で聞いていた神村が、反射的に言った。以後、彼女に対する社長の態度が変わってきたというのだ。

孝広は、憤る気持ちを抑えるようにして言った。

「ところで栗田さん、部課長を含めた他の人たちはどうなるのですか」

「役職で出向してきている方々は、親会社へ戻ることが約束されていますし、若い方々は独立する人もいます。あとは定年後の再雇用者ですので、僅かな特別加算金で納得しているようです。でも私……子どももいるし……働かなければならないんです」

そこまで言って彼女は下を向いてしまった。

「今、休職中ですよね」

「はい、もう三ヶ月になります」

彼女の話では、会社は赤字ではないが、この先大きく利益が出るとは思えないので今のうちに清算するという道を選んだのだろう。

仕事がないわけではない。

現に彼女に退職を強要する前には、システム開発で、月百時間を超える超過勤務をさせている。とんでもないことだ。おそらく親会社の利益を第一に考えた方針に違いない。労働者とその家族の生活など経営者の頭にないのだ。

会社清算に向け、彼女を退職させようと、連日のように会議室へ呼び出し、恫喝に近い形で退職強要がなされ、彼女は心を蝕まれ、休職に追い込まれたのだ。

しかも退職に同意しない彼女を、休職中にもかかわらず呼び出し、退職届に判を押せと迫っているという。

「労災になるでしょうか」

突然彼女は、大きな瞳で孝広の顔をまじまじと見つめながら聞いてきた。

孝広は一瞬躊躇した。

確かに退職強要と長時間労働、具体的な失業が目前にある。目前にあるというより会社そのものが無くなってしまうのだから尋常ではない。

しかし、メンタルでの労災認定は、かなり難しいことも事実だ。

「お話の内容からすれば、労災になって当然ですが、確実とはいえません」

「もちろんそうでしょうが、可能性を聞いているのです」

彼女は執拗に、あたかも孝広にその補償を求めているかのように聞き返した。

「ですから、可能性はあるとしか、今は言えないのですよ」

「どうしたら労災の手続きがとれるのですか」

病気の為かもしれないが、彼女の眼にはうっすらと涙が浮かんでいる。

孝広は、少し落ち着いて、というように両手を広げて言った。

「いいですか、私たちは労働組合です。私たちはあなたの労災申請の手助けをすることができますし、会社に対して団体交渉で、職場の確保や労災を認めるように要求することもできます。しかし、それにはまず、貴方が組合に加入してもらわなければなりません」

「はい、わかっています」

孝広は加入用紙を彼女の前に置いた。

彼女は、出された加入用紙に会社の所在地や代表者の名前をすらすらと書きこんでいる。おそらく、ここへ来るまでに自分なりにネットなどを使って調べ、準備してきたのであろう。

彼女が書き終わるのを確認してから孝広は口を開いた。

「栗田さん、これからやることが幾つかあります。その一つ目は、労災申請ですが、私たちは七号用紙で労災申請をしています」

七号用紙は、診察費用を一回だけ健康保険を使わずに実費で支払い、その実費を労災保険へ請求する方法だ。

一般的に、患者が労災だと病院に主張すると、健康保険が使用できなくなってしまい、以後労災が認定されるまでの治療費全額を実費で支払わなければならなくなってしまう。また休業している場合は労災申請すると同時に、健康保険の傷病手当も支給されなくなってしまう。

結論が出るまでに三ヶ月はかかるメンタル労災の場合、この七号用紙での申請方法が最適といえる。もちろん労災が認定されたら、医療費を請求する五号用紙、休業補償を請求する八号用紙で申請しなおす必要はあるが、これは後でゆっくり対処すればいい。

「今度診察の時、主治医に労災申請するからと事情を説明し、一回だけ実費で診察を受けてください。それから、その時の領収書と、診療内容を持ってきてください。それを七号用紙に添付しますので」

彼女は小さいノートを取り出して孝広の話す内容を書き留めている。

神村が、横から彼女のメモを覗き込んでいる。

孝広は、神村が彼女の書き込みが正確だという合図を確認してから続けた。

「それから、二つ目ですが、会社を清算するということですから、官報に会社清算の告知が出ると思います。それに対してあなたが労災であるとの通知を清算人に内容証明書で送りつける必要があります。

三つ目は組合として団体交渉の申し入れと組合加入の通知を会社に送ります。二、三日で作成しますから、その中身を確認してほしいのです」

ノートに書き込みながら彼女は孝広を見上げて言った。

「これで、労災は申請できるのですね」

「はい。手続き的には」

孝広の言葉を彼女は、確認するようにノートに書き込み、内容を黙読している。孝広は、肩の力を抜くようにして深呼吸をし、胸のポケットから煙草を取り出して席を立とうとした。

「あのー、今までも労災を扱ったことが、おありですよね」

彼女は孝広に確認を求めるような顔で聞いてきた。

たばこを咥えたまま孝広は応えた。

「ええ」

「その時は労災認定されたのでしょうか」

孝広は答えに窮した。

確かに組合として、今までもメンタルの労災を扱ってきたし、認定もとってきている。

しかし、今までは、先に裁判が行われていたり、ほとんど弁護士が申請の中心になっていた。

事実上の労災だと会社に交渉をして認定前に解決してしまった案件はあるが、最初から組合独自で労災申請をするのは、孝広にとっては初めてだった。

「さっきも言いましたが、労災申請、特にメンタルの労災は、やってみなければわかりません。

栗田さんの場合、認定される確率は高い方だと思いますよ」

「どのくらいでしょうか」

「ですから……」

「わかりました。すいません」

彼女は、それでも不安だという顔をして孝広を見つめている。

孝広は少し腹が立ってきたが、これも病気の症状かもしれないと考え、抑えて言った。

「私も頑張りますから、栗田さんも頑張ってください」

「わかりました。よろしくお願いしいます」

彼女はまだ何か言いたげだったが、頭を下げて事務所を出て行った。

彼女が子どもを含めた生活に必死なのは痛いほどわかる。だからこそ七号用紙での申請を勧めている。

我々は法律事務所でも裁判所でもない。その人の家族を含めた生活を守ることを第一に考えなければならない労働組合だ。

彼女は子どもたちの生活を守る盾となり、どんな卑劣な攻撃にも耐えてきた。目をつぶり、耳をふさぎ、耐えに耐えて不同意を貫き、ここへたどり着いたのだ。

今度は我々が、全力で彼女を支えなければならない。

次々と思いがめぐり、ふと我に返った孝広は、神村と目が合って苦笑した。

「ご苦労様でした。ゆっくり昼食をとってください」

神村の労いの言葉に壁の時計を見ると、既に二時半を指していた。

栗田の難題

八月に入り、事務所内はクーラーが入っているとはいえ、うだるような暑さだ。

「おはようございます」

女性の声が聞こえ、ドアを開けて事務所に入ってくる気配を感じた。

「どうぞ」

孝広は、立ち上がってドアの方に顔を向けた。

「古田さん。お医者さんが七号用紙に書いてくれないんです。どうしたらいいんですか」

栗田のいきなりの質問に、孝広は戸惑った。

「どうしたんですか、医者が書かないとでも言っているのですか」

「そうなんです。どうしたらいいんですか」

クリッとした大きな目で詰め寄るように栗田は質問してくる。

彼女の通院している病院は、労災指定病院であり、そんなことを想像だにしていなかった。

彼女は、まるで孝広が悪いと言わんばかりに、どうすればいいのかと、矢継ぎ早に質問してくる。主治医は、労災を扱わないと主張していて、彼女が労災申請したいという話を頭から拒否しているらしい。

孝広も困った。以前、労災は扱わないという町医者に出会ったことはあるが、労災指定病院で拒否するなど想像だににできなかった。そんな馬鹿な、孝広は、立ち上がろうとした。

「古田さん。ちょっと待ってください」

神村が、孝広に落ち着いてという身振りをして言った。

「医者が書かないと言ったら、そう簡単ではないと思いますから、書かなかった場合も想定しておきましょうよ」

今まで会社が労災を認めないというのは経験してきたが、医者が拒否するというのは初めてかもしれなかった。

「確かにそうだな、医者を説得できなかった時にどう申請するのかも考えておかなければな……」

孝広は、神村と栗田の顔を見ながら腕を組み、腰を下ろして、しばらく考え込んでしまった。

不安そうに二人を見つめていた彼女は、確認するように言った。

「お医者さんがだめと言ったら、労基署は申請を受け取ってくれないのでしょうか」

「そんなことはありませんよ。その時はその時で労基署と交渉しますよ」

先日の相談を受けた時、彼女が、シングルマザーということは聞いていた。彼女は、離婚後二人の子どもを抱え、今日まで必死に働いてきた。サンクシステムに勤める前は、ダブルワークでも足りず、さらに休日にも別の仕事を探したという。

彼女は、すがりつくような目で孝広に言った。

「愛情だけで、子育てはできません。明日学校に持たせる給食費が無い、修学旅行の積立金が無い、どうしたらいいのか、途方に暮れた夜、河原で一人大声で泣いたこともありました。私……何を言われても退職できないんです」

やっとの思いで就職したサンクシステムには、事務職として採用されたそうだが、十数人の職場で、人手が足りない時には応援に駆り出され、気が付いた時にはソフト開発が中心になっていたという。

それでも、摑みかけた生活が、もろくも崩れようとしている現実を何としても避けたい。そんな彼女の気持ちがひしひしと伝わってきていた。必死の思いの彼女へ、毎日のように行われる退職勧奨、いや退職強要に、一時彼女は自殺も考えたという。その度に子どもとの会話や、その寝顔に救われ、そんな考えを持ってしまう自分を治そうと心療内科の門をくぐったのだ。

彼女の置かれている状況、そして心情を察し、考え込んでいた孝広は、意を決したように机を軽くたたいて言った。

「神村君。俺は、栗田さんと一緒に医者に会って、説得してみる。

君は労基署へ行って監督官に事情を説明して、医者が記入しなかった場合、どうしたら申請を受理してくれるか聞いてきてくれないか」

「わかりました」

「それから、合同法律に電話して、予約を入れておいてくれないか、ひょっとすると急ぐかもしれないから」

会社も彼女が労災申請することを察知しているだろうから、手を打って早めに会社清算など、事を進めてくる可能性がある。

会社清算が官報に載ってから一定期間内に債権の請求を申し立てないと、法人そのものが消え去り、法的な要求さえできなくなってしまう。

「それから、時間があったら委員長へは電話で報告しておいてくれないか」

了解したという顔で神村が頷いた。

「よし、行きましょう」

三人は、同時に席を立った。

医師に直談判

孝広は、むせ返るような暑さの中、彼女と病院へ向かった。診察室の前には、かなりの人が待っている。

孝広は、待合室に入ると急に喉の渇きを覚えて言った。

「売店でお茶を買ってきます」

「私も子どもたちへ電話してきますから」

二人は、それぞれに席を立った。孝広は、売店で、冷えたお茶を購入すると、待合室へ戻った。彼女は家への電話から、まだ戻っていない。冷えたお茶を飲みながら孝広は待合室で時間を過ごした。

しかし、彼女は現れない。ひょっとしたら、もう診察室に入っているのかもし取れない。そんな不安が孝広の胸をよぎり、受付の看護師に聞いた。

「すいません。栗田さんの診察はもう始まっていますか」

「個人情報なので応えられません」

「今まで、そこに一緒にいたものなのですが」

「個人情報なのでお答えできません」

孝広は信じられないというような気持ちで問い直した。

「栗田さんという患者が今日の診察予定に入っているはずですが、もう診察室に入ったか、まだ入っていないかだけ、教えてもらいたいのですが」

それでも能面のような顔をした受付は、個人情報と応えるのみだった。むっとしたが、彼女を待つしか手はない。診察が始まっているのなら出てくるまで待つしかないと覚悟を決めた。

「すいません長話になってしまって」

彼女が走るようにして孝広の隣の席に着いた。孝広は、少し腹が立ってきていた。なにもこんな時に長電話をすることもないではないか、家に帰ってから話せばいいものを、そのおかげで自分は能面のような女と不要な会話をしなければならなかったのだ。

しばらくの沈黙は、孝広の怒りを示していた。それから、三十分も待っただろうか、栗田の名前が呼ばれ、二人は診察室に入った。

孝広の同席に対して、驚いたというように医者は尋ねた。

「あなたは栗田さんと、どんなご関係ですか」

医者の問いかけに、孝広は名刺を出すと言った。

「栗田さんの所属する労働組合の古田と言います」

医師は、怪訝な顔で孝広と名刺を見比べている。

戸惑っている医師に向かって孝広が話かけた。

「彼女は、先生もご存知のように、職を失おうとしています。これは労災だと私たちは考えています。是非先生にもご協力をお願いしたいと今日伺った次第です」

孝広の説明を聞いていた医者は、そんなことは関係ないというように言った。

「栗田さんが、労災だという確信はありませんし、私は労働組合とは関係したくありません。ですから、労災の用紙には書きません」

孝広はすかさず言った。

「労災かどうかは、労基署が決めることです。先生には極力ご迷惑をかけないように努力しますので、申請用紙への記入をお願いしたいのですが」

孝広は、へりくだるようにいったつもりだった。

しかし、医師の態度は変わらなかった。

何度かのやり取りがあった後、孝広は意を決して言った。

「わかりました先生。それでは詳細な診断書を書いてください。私たちは、それを労災申請用紙に添付して労基署へ提出しますから、それは了解していただけますよね」

確認するように孝広は医者を見つめた。

「それはかまいません」

こんな馬鹿な医者がいるのかと思ったが、それでも孝広は安堵した。孝広が、彼女と事務所に帰ったのは六時を少し回っていた。それでも神村は二人の帰りを待っていてくれた。

「ご苦労様でした」

「いや、馬鹿な医者でね、思ったより時間がかかってしまったよ」

そう言って孝広は椅子に体を預けた。

神村は、待っていました、というように労基署での報告を始めた。

「監督官の話では、たまにそういうケースがあるそうで、そんな時は『経過書』を添付してほしいとのことでした」

「なに、その『経過書』って」

思わず孝広は聞き返した。

「ですから、何故、医者が申請用紙に書かないのかという説明を添付してくれれば受理するということです」

「わかった。これで申請できますよ。栗田さん」

孝広は肩の荷が下りたという気分になり、思わず膝をたたいた。

手厳しい妻

家に帰った孝広は、食卓に座ると、冷えたビールを口に持っていき、妻の洋子に今日の出来事をかいつまんで話した。

いつもふん、ふん、とあまり話に乗ってこない洋子が珍しく孝広に向かって真剣なまなざしで言った。

「その人いくつなの」

「四十代前半だな」

「ちゃんとやらなくちゃだめよ」

「えっ」

枝豆に手を伸ばしていた孝広は、そのままの態勢で洋子を見た。

「子どもが小学生でしょ。金銭的にも親子の関係でも、今が一番大変な時期よ」

洋子は、自分が当事者であるかのように真剣に孝広を詰めだした。

「ちゃんとやってるよ」

洋子に言われるまでもなく、孝広自身も真剣に対応してきたつもりだ。しかし洋子の癖なのか、相手を詰めだすと止まらない。

「何のために会社を辞めて組合役員をやっているか、わかっているの」

「ちょっと待て、それじゃ俺がいい加減にやってるみたいじゃないか」

孝広は、洋子の顔を横目で見ながらグラスをあおった。

「そうは言わないけど、会議だ、会議だと酒飲んでばかりいるじゃない」

孝広はビールをグラスに注ぎながら言い訳するように言った。

「いや、付き合いも必要な時があるんだよ」

「あっ、そっ」

孝広は、一生懸命やっているというつもりで話したことが、逆に詰められるとは思わなかった。しかし、これだから、うまくいってきたのかもしれない。孝広が、解雇者の苦境を見逃せないと、会社を辞めてボランティア的組合専従になると言った時、洋子は、何も言わずに了解してくれた。グラスから口を離し、フー、と一息ついて前を見ると、洋子が大きめの餃子をほおばっていた。

社会は矛盾に満ちている

もみじが色づき、冬将軍が準備しなくていいのか、というように迫っていた。

毎日のように労働相談は持ち込まれる。神奈川労連の労働相談センター、共産党市会議員団事務局、生活相談センター、弁護士、組合員の知人からの紹介など、休む暇もないほどだ。

孝広は、執行委員会のレジュメを作成しながら神村に言った。

「神村君、君の抱えている案件は、纏めておいてくれよ。執行委員会では、今日までのところを君から報告してほしいな」

そう言って孝広は、書き上げたレジュメをコピーした。会議室には執行委員が集まってきている。

「ご苦労様です」

資料を抱えて孝広と神村は、会議室に入っていった。執行委員会は、いつものように、案件の一つひとつを論議していく。レジュメには、サンクシステムに対して、今後どうしていくのか、杉井工業や山谷運輸の賃金未払いへの対応をどうするのか、決裂状態になってしまった介護職場のエンジョイライフの案件をどうするのか、といった問題が、次々と提起されていく。

「簡単な事案からやろうよ」

副委員長の田中が言った。

「簡単な事案なんて、ありませんよ」

神村が斜め前の田中を少し睨むようにして言った。

「まあ、まあ、時間が無いから、緊急を要する案件から論議していきましょう」

委員長が、話を進めろという顔で孝広を見た。

「エンジョイライフについては、労働委員会へあっせんを申請しようと思いますが、ご意見があればお願いします。あ、それから、サンクシステムが会社清算を申請したようで、官報に載っていました。事後報告ですが、弁護士とは今週中に打ち合わせを持って解雇無効と安全配慮義務違反で、提訴する予定です。労基署へは追加で長時間労働の実態を上申書として提出します」

「なんだ、退職強要しながら長時間労働か、とんでもないな」

案件の説明だけでもかなりの時間が必要だし、考えられないような案件の内容が次々と報告される。

今、組合が抱える案件は二十件近くある。

もちろん既に裁判が進行しているものは裁判の日程報告程度で、それほどの論議は必要ない。

法的対応方法や行政への申請のタイミングが論点の中心となる。

あらかたの案件に対する論議が済んだところで、孝広がみんなを見渡すようにして言った。

「今月から、全組合員交流会を定期的に開きたいと考えていますが、ご意見をお願いします」

「組合員との交流の必要性はわかるけど、定期的にやる必要はあるのか、第一集まるかな」

田中が、これ以上忙しくなったらたまらんという顔で聞いてきた。

「もちろん全員というわけにはいかないでしょうが、執行委員と一般組合員の交流という場にもしていきたいと考えています」

「だったら、飲み会なのか」

神村が手を上げて発言を求めた。

「ちょっと待ってください。組合員の多くは、解雇やパワハラなど問題を抱えて組合に加入して来ていますが、執行委員の皆さんも団体交渉に出席されてきた方は別として、組合員の顔と名前が繋がらない人が過半数だと思いますよ」

神村が、全組合員交流会の意義について説明をしだした。

相談を担当した者と当事者は、直接事情を聞き取ることから、かなり強い結びつきができるものの、そのままでは、担当者以外の執行委員や三役でさえ、直接的に会話を持つことはほとんどない。

ましてや組合員どうしの、それぞれの課題や要求などを互いに知るすべがあるはずもない。自分の要求を一人ひとりがみんなに訴え、それぞれの要求を共有しなければ、組織的団結も生まれてこない。

孝広は神村の説明を受けて続けた。

「いま私たちの組合員は百名を若干超えた程度です。でも組合員それぞれは、みんな職場も職種も地域も違い、点と点の存在です。これを交流会の中で線にし、ゆくゆくは地域的な面にしていかなければならないと思っています」

委員長を含め、執行委員もそれぞれに仕事を持っている。退職後にボランティア的に詰めている孝広と解雇者である神村が、もしリタイアと復職をしたら、組織的対応さえ難しくなるのが実態であり、人材の育成は急務といえた。

だからこそ相談者として加入してきた組合員との人的交流による彼ら自身の成長促進と団結の醸成は不可欠といえた。

もちろん毎月発行される機関紙には、すべての案件の進捗状況が記載されている。

しかし、文字だけでは限界があると孝広は考えていた。この日の執行委員会で全組合員交流会は、月末に定期的に実施することが決まった。内容については学習的要素も取り入れることとし、副委員長田中の意見であった飲み会は、交流会後に有志で行うこととなった。

駆け込み訴え

外は木枯らしが吹いているが、暖房が効いている事務所は心まで和ませるほどに暖かかった。

今日は珍しく相談の電話が少なかった。

あったのは労働相談センターの篠原純子から、栗田組合員のその後の経過を教えてほしいとの質問を口実にして、埼玉の労働相談を扱ってくれないかというものだった。栗田の件は詳細に報告したが、埼玉の相談は埼玉労連へと、丁重にお断りした。

寒さが増してきたこともあってか、孝広は、無性に鍋が食べたくなった。

「おい、ちょっと飲みに行くか」

孝広は、神村に声をかけた。

「もう七時ですから、今日は上がりますか」

その時、電話が鳴った。しまった。あと五分早く部屋を出るべきだった。孝広は、電話が相談でないことを祈って受話器を取った。

「はい、合同労組ですが、……急ぎますか、……はい、それでは待っていますから……八時ごろには来れますよね、……はい」

孝広は力なく受話器を置いた。

「今日ですか」

神村が、手につかんだコートを椅子に掛け直して、あきらめたという顔をした。

「仕方ないだろ、労働相談なんだから」

相談者が来るまでに約一時間はある。孝広は、コップにインスタント珈琲の粉末を入れるとポットからお湯を注いだ。神村も煙草をくわえてベランダに出ていった。

間が悪いとは、こういうことだ。それでも二十代と思われる若い女性の相談者は八時前に事務所へ顔を出した。

「すいません。急にお願いして」

「いや、かまいませんよ。大変なのはあなたの方でしょうから」

さっきまでの態度とは裏腹に、にこにこしながら神村が椅子を進めている。

孝広は、正面に座って名刺を差し出して言った。

「古田と言います」

「神村です。よろしく」

「こちらこそ」

そう言って彼女はぺこりと頭を下げた。

「先ほどの電話では、休むとペナルティーとして給料から罰金を引かれるということでしたよね」

「はい、そうなんです。先週ひどい頭痛がして、とても店に出れないと思って、朝電話したら、店長からペナルティーを取るといわれたんです」

「なんですか、そのペナルティーというのは」

孝広にとっては初めて聞くことだった。

彼女の話では、当日休みを請求すると今まで働いた分から一日分の賃金をペナルティーとして引かれ、一分の遅刻でも一時間のただ働きという。とんでもないルールが彼女の勤務するコンビニでは定着しているというのだ。

「日に何時間勤務しているのですか」

「週五日で、午後一時から相棒が帰ってくる六時までの四時間です」

孝広は頷いた。

彼女は結婚している。夫が帰ってくる六時までパートとしてコンビニで働いているのだ。

孝広はすかさず言った。

「給料からの天引きは違法です。了解したのですか」

「いいえ、おかしいですよね」

彼女は急に明るい顔になって同意を求めるように二人を見た。

「年休は、ありましたか」

神村が、横から言葉をはさんだ。

「いいえ、パートですから」

「そんなことありませんよ。パートだろうが、アルバイトだろうが、一定以上の勤務時間と勤続で有給休暇は付与しなければ労働基準法違反ですから」

こういうところの神村の嗅覚は素晴らしいものを持っている。不当な行為をしようとしている管理者は、必ずといって他にも違法行為をしている場合が多い。

「とにかくこんなことは、許されませんから、お店に対してペナルティーの取り消しを申し入れたらいいと思いますよ」

孝広は、聞き取った内容をノートに書くと確認するように彼女の顔を見た。

「どうしたらいいんですか」

「さっき差し上げた名刺を店長さんに見せて、この人がペナルティーは違法だと言っていると伝えてください。それでも言うことを聞かないようだったら、また相談に来てください」

孝広は、あえて組合加入用紙を渡さなかった。

アルバイトで、家計を助けている彼女から組合費をこの場で取るのをためらってしまったのだ。それより、こんなことが今行われていることに対する怒りの方が大きかったし、こんなめちゃくちゃなことが、まかりとおっていることに驚いてしまったのかもしれない。

しかし、コンビニの経営も大変なことは孝広もわかっている。

フランチャイズ契約の中には、三百六十五日二十四時間店を開いていなければ、逆にオーナーがペナルティーを科せられ、シフトを組むのに四苦八苦していることも確かだ。だからといってこんなことがまかり通ったら大変なことになってしまう。

「ありがとうございました。何かあったらまたよろしくお願いします」

そう言って彼女は元気よく事務所のドアを閉めた。

残念ながら鍋は、明日にしよう。相談が終わり、思い出したように孝広は、腹をさすって神村の顔を見た。時刻は九時を指していた。

栗田の勝利

朝の駅頭宣伝を終え、鍵を開けて組合事務所に入ると孝広の携帯が鳴った。

ザックをおろし、胸のポケットから取り出そうとすると鳴りやんだ。

気の短い人だな、それとも間違い電話なのかな。孝広は、部屋の暖房を入れると、やれやれという風に椅子に腰を下ろした。

冬の宣伝行動は、時として体の芯まで冷えてしまう。

今度は、事務所の電話が鳴った。

「はい、合同労組ですが、……ええ、古田ですが、……え、本当ですか、それは凄い。……体調のいい時に、そのハガキのコピーを持ってきてください」

電話は、栗田からのものだった。彼女の自宅に労基署からの手紙が届き、労災認定されたという知らせだ。

「皆さんのおかげです。本当に、本当に、ありがとうございました」

彼女は、電話の中で嬉しさを爆発させている。後ろで子どもの声も聞こえている。すぐに古田の携帯に電話したが、出ないので事務所に電話したのだという。

「やったな、よし」

受話器を置くと、孝広は手をたたいた。

「何かあったのですか」

神村が、朝の宣伝に使ったハンドマイクを肩から下すと一人で手をたたいている孝広に怪訝な顔で聞いてきた。

「栗田さんの労災が認定されたよ」

「え、やった、やりましたね」

神村が、拳を握り、腕を曲げてヤッタゾという態度を全身で示した。

「三役と担当執行委員に知らせてくれないか、僕は弁護士に電話するから」

委員長は、宣伝後直接職場に行くと言っていたから、バスの中だろう。弁護士はまだ事務所に来ていないだろうからと、孝広は、携帯を取り出し、直接連絡を入れた。

損害賠償を闘う弁護士も、これで裁判が有利に進むと喜んでくれた。

労災患者は解雇できないことから、不当解雇であることは争いようが無く、会社の安全配慮義務違反と損害賠償請求も有利に運べるはずだ。

思えば、労基署へは申請時に労組としての「意見書」を提出し、その後も調査を続け、長時間労働を推定すると同時に、その実態を証言してくれる同僚や元上司の名前と住所、連絡方法を「上申書」として提出してきた。

もちろん、意見書、上申書の中には、パワハラやセクハラと思える内容も詳細に記述したつもりだった。

官報に会社清算の告知が載った時は、内容証明を送る等、時間との闘いもあった。認定が下りる前でも不当解雇と安全配慮義務違反で損害賠償請求を提訴しようとの弁護士の積極的な提案も功を奏したと言える。

「古田さん。電話しました。みんなすごく喜んでいましたよ」

「ごくろうさん」

疲れが吹き飛ぶような気分だ。

電話が鳴り、いつもなら譲り合うが、今日ばかりは争うようにして受話器を取った。

「はい、合同労組ですが、……そうなんです認定されたんですよ。……はい」

執行委員からの電話だった。みんな喜んでいる。何故俺に直接知らせない、といった苦情さえ言ってくる。

執行委員会では、栗田の件で彼らが、特に発言した記憶はなかった。それでもみんな気にかけてはいたのだ。

孝広は、ふと気が付いて受話器をとった。栗田を紹介してきた無茶振りの純子だ。彼女にも報告しておく方がいいだろう。いつもなら孝広から彼女へ電話することはまずない。

「もしもし、篠原さんをお願いします」

労働相談センターには常時複数の相談員が詰めている。

「篠原さんですか、古田ですが、……いえ、今日は、栗田さんの労災が認定されたので、その報告をと思って電話しました。……ええ、彼女もすごく喜んでいました。……はい、それじゃまた」

電話を切ると孝広は胸をなでおろした。ちょうど良かったなどといって、難題を持ちかけられないかと電話してから気が付いたが、電話の向こうの彼女は素直に喜んでいた。

ふと神村を見ると、何か考え込んでいるように見えた。

「どうかしたの」

孝広の問いに、我に返ったように神村が言った。

「決着がついていいですよね」

はっとして孝広は神村の顔を見た。そうなのだ。彼は解雇から既に二年近くが経とうとしている。自身の闘いを抱えながら、組合での相談担当者として奮闘しているが、仲間の勝利と対比して、自分の立ち位置や将来に対する不安が襲ってきているのだろう。

孝広も過去に争議を経験していたが、他の闘う仲間が解決して喜んでいる時、寂しさというか、置いてきぼりを食った子どものような不安と焦りを感じたことを思い出していた。

「真実は、必ず明らかになるさ」

孝広は、他に言葉を見つけることができなかった。

栗田の和解交渉

東京地裁では、サンクシステムを相手取った損害賠償請求裁判の三回目の法廷が開かれようとしていた。

地裁の部屋は、暖房が効いているが、それでも外の寒さが伝わってくるように思えた。

時間ぎりぎりになって駆け込んできた弁護士が言った。

「裁判官から電話で、和解の提案がありましたので、今日は和解室での話し合いになります」

「和解ですか」

孝広と神村が何で今、という顔をして首を傾げた。

「先生、今日解決できるのですか」

栗田が身を乗り出すようにして聞いた。

「いや、証人尋問の前ですから、裁判長が何か考えてのことでしょう」

栗田にしてみれば、会社から解雇宣告されてから約一年が経っている。一日も早く普通の生活に戻りたい彼女の気持ちは痛いほど孝広にもわかっていた。

しかし、それほど状況は楽観できるとは思えない。

それでも栗田の顔には明るさが見て取れる。孝広は、弁護士を先に送り出すと、栗田にあまり和解に期待しないようにと言い、部屋へ入っていった。

「労働組合は関係ないでしょ」

会社側の弁護士は孝広たちが和解協議のために用意された部屋に入ろうとすることに、異議を申し立てていた。

「この事案は、そもそも組合が会社と交渉してきたので、経過も含めて知っておいてもらった方が和解を進めるうえでもよいと思いますよ」

弁護士は、必死に孝広たちの同席を訴えてくれていた。

「私は同意が得られれば、どちらでもかまいませんが」

裁判官は、お互いに話し合って決めてくれという顔をして双方の弁護士を見ている。

「とにかく今日は同席させてください」

「それじゃ、今日は認めますが、これがいつもということなら話は別ですよ」

「次回は事前に相談しますから」

やっとのことで孝広たちの同席が認められた。

「それでは和解をする場合の双方の条件を示してください」

そう言って裁判官は、双方の弁護士に発言を求めた。

裁判官から和解の提案があったというから裁判官から条件の提示があると思っていた孝広は、少し拍子抜けしてしまった。

「私どもの要求は、書面でも提出していますが、新たな職場の提供と賃金補償を含めた慰謝料の支払いです。もちろん金額については話し合いですが」

孝広は弁護士の話に頷きながら会社側弁護士の発言を待った。

「ですから、栗田さんには就職支援会社の費用を会社として持ちますが、職場の提供は難しいです」

就職あっせん会社の紹介で、まともな職場に就いたという話は聞いたことが無い。せいぜい履歴書の書き方と面接の練習程度だと孝広は認識している。公表している高い就職率は、派遣会社へ登録した人も就職したとしているからだ。

「原告の考えを聞かせてください」

裁判官は、困ったというように栗田の代理人の顔を見た。

「いや、労災患者は解雇できないのですから」

弁護士は、当然という顔をして、腕組みしたまま会社側の弁護士をにらんでいる。

「いや、職場は提供できませんが、慰謝料というか、解決金なら退職金を含めて一千万程度は出せますが」

全く話にならない提案である。

長期化した労災患者に対して、労災保険以外に補償をする企業も少なくないことを前提に、労働基準法には、労災発症三年後に平均賃金の千二百日分の支払いで、解雇できるという打ち切り補償制度がある。

労災患者の解雇を認めるという。この制度自体不当ではあるが、会社弁護士が言っているのは、この打ち切り補償さえ満足に支払わないというものだ。

弁護士双方のやり取りが続いたが、両者の意見がかみ合うことはなかった。

両者の顔を見比べていた裁判官が重い口を開いた。

「無理なようですので、次回の期日を入れましょう。次回は、証人尋問ということで」

「えっ」

栗田が言葉にならない声を発した。

孝広は、落ち込む栗田の顔を見て、大丈夫というように頷いた。

裁判官はあきらめたという風にノートを取り出した。

栗田と組合の要求は、今日までの賃金補償や慰謝料、将来的な補償を含めて要求しているのに対し、会社は清算中であり、会社に残っている金の全額を提供するから、これで解決してくれというものだ。

一千万円程度の金では、休職中である栗田の家族を含めた将来不安に対する回答とはいえない。

しかし、法人を相手取った裁判である以上、それ以上を和解の条件として要求することはできず、裁判官もどうしようもないのも事実だった。

この日の和解交渉は、決裂となり、次回の期日には清算会社の元社長と原告の栗田を証人とした証人尋問を行うこととなった。

和解室から出てきた孝広は、弁護士に言った。

「先生、対策会議を年明けにも開きますので、出席してください。このままでは職場の確保も金も取れないことになってしまいます」

「いいですよ。もう少し裁判官も考えてくれると思ったんですがね。会議までに私の方も検討しておきますので」

孝広は栗田に言った。

「栗田さん。あまり心配しないで、この場は先生に任せましょう」

「でも……」

栗田が下を向き、不安が顔に表れているのを孝広は見て取った。

「大丈夫、組合も一緒に闘っていくから」

何の根拠もなく孝広は力んで見せた。

「よろしくお願いします」

栗田は力なく頭を下げた。孝広にとって、司法の限界を感じる和解決裂であり、彼女とその子どもたちの生活を思うと、木枯らしが体の中まで吹き抜けていくように感じられた。

悲喜こもごも

年が明け、今年初めての全組合員交流会が開催されようとしていた。

「あけましておめでとうございます」

「おめでとうございます」

それぞれに挨拶を交わしながら交流会に使われる会議室へ組合員が入ってくる。

全組合員交流会といっても集まるのは二十名から三十名で、組合加入当時は参加するものの、自らの案件が解決した後は参加が鈍くなる。

しかし一番問題なのは執行委員の約半数が常に参加しないということだ。

孝広は、時計を見ると言った。

「あけましておめでとうございます。時間ですので、そろそろ始めたいと思いますが、新年ということでもありますので、委員長から一言お願いします」

「えっ、あっそう」

いつも交流会は孝広と神村で仕切っていたことから、委員長は少し驚いたというように立ち上がって話し始めた。

突然の指名でちょうどいいのだ。事前に声をかけていたら世界情勢から労働行政まで長々と話されてしまう恐れがある。

　孝広は、委員長の何時にない短いあいさつが終わると、機関紙を広げ、記事として載っている各案件の進捗状況を説明し始めた。

　この機関紙の編集作業は、教宣部長と神村が中心に行っている。

　約二十件の案件について説明するのだが、執行委員会での説明とは異なり、その当事者が目の前にいるのだから、皆も真剣にそれぞれの到達点を確認するように孝広の説明を聞いている。

　そして孝広は、案件の最後にサンクシステムの状況を説明した。

　孝広としては、今日サンクシステムの案件を論議の中心に据えたかったからだ。

「それって、法律で決まっている補償も受けられない可能性があるのですか」

「裁判所が、労災の法律上の権利を無視するっておかしいですよ」

「何とかならないんですか」

　次々と質問が飛び出してくる。

　裁判所からの提案による和解だったはずなのに、決裂となり、会社が無くなってしまうことによって請求さえできなくなってしまう現実に、皆も驚きを隠さなかった。

「裁判所は、法律を無視しているわけではありません。しかし同時に、法人としての支払い能力以上の請求はできないということです」

　孝広は、困ったという風に頭をかいた。

　会社は清算会社となっており、支払準備金として一定の金額しか持ってないのだ。

「ちょっといいですか」

神村が、孝広の説明を補足するように言った。

「企業の持っている額しか支払えないということは、そのとおりです。この裁判はサンクシステムという清算会社を訴えているのですから、会社の持っている金額以上の判決が出たとしても、支払準備金以上の金については、誰も責任を取ってくれないということです。資本主義というか、株式会社制度の限界とも言えます」

「そうなのかもしれないけど、おかしいですよ。組合としてはどうするのですか」

疑問というか、何処に持って行ったらいいのかわからない怒りが、参加者の中に広がっている。

孝広は、皆の怒りに答えるように話し始めた。

「組合としては、以前から計画していた争議解決に向けた企業要請行動の中心を今回は、サンクシステムの親会社である東進電業に対して行います。裁判所対策としては、緊急対策会議を今月中に開催する予定です」

孝広の話を聞いていた参加者の一人が手を上げて発言した。

「俺、要請行動に参加しますよ。これじゃ栗田さんかわいそうだよ」

「私も行けると思います」

次々と要請行動への参加を表明してくれる組合員が現れた。

こんなことは今までなかった。

今までの要請行動は、執行委員の約半数と当事者の参加が精いっぱいの状況だった。

「よろしくお願いいたします」

栗田が、立ち上がって参加者に礼を述べ、感激したのだろうハンカチを出して目に当てている。

「あのー、私の方は、まだ時間が、かかりますかね」

山谷運輸賃金未払事件の男が、私の方も早くしてくれという顔で聞いてきた。

この男はいつもこうだ。自分のことしか頭にないとしか思えてならない。

孝広は、少し腹が立ってきたが、両手を広げて大丈夫というようにして言った。

「先ほども説明しましたが、山谷運輸とは来週団体交渉をやりますから、多分それで決着すると思います」

孝広は、委員長に目配せした。委員長も今日はこれくらいにしておけという顔で頷いた。

「それでは、交流会はこの辺で終わります。まだ話し足りない方は、新年会を兼ねた二次会を中華の天龍で行いますので、そこでお願いします。今日はご苦労様でした」

組合員それぞれが、話し合いながら部屋を出ていく。

資料を片付けながら孝広は神村に言った。

「先に店へ行って、席を確保しておいてくれないか」

神村は頷くと会議室を足早に出ていった。

孝広は、今日の交流会で、参加者が見せてくれた相手を思いやる発言が嬉しかった。職場も地域もバラバラの組合員が、同情心からかもしれないが、一つになってきている。

孝広は、事務所に資料を置くと急いで二次交流会場へと向かった。

サンクシステム　栗田の最終決戦

サンクシステム対策会議の開かれる労連の会議室には次々と執行委員が集まっていた。既に当事者である栗田組合員と弁護士も席に着いている。

委員長が立ち上がって言った。

「お忙しいところをご苦労様です。それではサンクシステム裁判の対策会議を開催します。今日は、皆さんから忌憚のない意見をいただき、暗礁に乗り上げてしまったような、この争議を勝たせるための会議にしたいと考えています。よろしくお願いします」

委員長が目で、後はよろしくと孝広に合図した。

孝広は、資料が参加者に行き渡っていることを確認すると話し始めた。

「皆さんもご承知のように、サンクシステムの裁判が、大きな山場に来ています。今日までの経過は資料を見ていただくとして、今日は、委員長も言ったように皆さんの知恵で、解決への道筋をつけていきたいと思います」

裁判所での和解が決裂し、困難なことは明らかだった。

孝広は、弁護士に向かって言った。

「先生、法廷ではもう限界なのでしょうか」

指名された弁護士は、鞄から資料を取り出すと言った。

「全く無理ということはないと思います。サンクシステムの社長も常務も親会社の東進電業から派遣されている人ですよね。つまり、親会社からの指示で今まで会社を運営してきたし、今回の会社解散も親会社の指示だと思うんです。つまり法人としての意思は、親会社ですべて決められてきた。法律用語でいうと『法人格否認の法理』というのですが、ただこの法理を使って闘うのは、かなり難しいと思います」

孝広は、不当労働行為で「法人格否認の法理」が認められた事件を知っていたが、こうした清算会社の場合にも適用できるのかを確認するように尋ねた。

「先生、可能性はどうなんですか」

「サンクシステムの負債を親会社の責任にするのですから、可能性としては、さっきも言ったようにかなり難しいと言えます」

「あのー、いいですか」

栗田が恐る恐るという顔で発言を求めた。

司会の孝広が言った。

「自由に発言してください」

孝広は、栗田の発言を促した。

「こんなこと、言っていいのかわかりませんが、会社の弁護士は誰に雇われ、費用は誰が支払っているのですか。ひょっとしたらサンクシステムの支払準備金から支払われているのですか。そうだとすると裁判のたびに私に支払われるべきお金が減っていることになりますよね」

理屈的には彼女の言っているとおりかもしれない。会議室は沈黙に包まれてしまった。仮にそうだとしたら、闘いが長引けば長引くほど彼女の取り分が減っていることになる。

孝広は、沈黙を破るようにして言った。

「組合としては来月、東進電業への抗議要請行動を計画していますが、それだけでなく東進に対しても団体交渉を申し入れることにしたらどうでしょうか」

確かに法律上では今、親会社の東進に請求できないかもしれない。しかし、労働組合は、法律に縛られない。生身の人間を守る組織だ。

やれることは何でもやろう。その時孝広の耳に「ちゃんとやらなくちゃだめよ」という妻の洋子の声が聞こえたような気がした。

孝広の提案に委員長が言った。

「相手が出てくるか、来ないかは別として、やれることはやろう」

皆が頷いた。

「先生、労働組合としても全力で取り組みますから、親会社への責任追及の手段について検討をさらにお願いします」

「わかりました」

珍しく田中副委員長が言った。

「執行委員は全員参加だ」

よし、やってやるぞ、という意気込みが感じられる積極的な発言も続いた。

この日の対策会議では、抗議要請行動を含め、あらゆる可能性を追求することを確認した。サンクシステムの支払準備金の差し押さえも検討対象とし、団体交渉では親会社の責任を追及することを確認した。裁判所が認めないと言っても、俺たちは闘い続けていく、どんなことがあっても解決のテーブルに親会社を引きずり出してやる。

そんな闘う決意が部屋に充満していた。

抗議要請行動

桜の開花宣言が聞こえてくるにしたがって春闘も終盤に近付いてきていた。

思い出すように孝広が言った。

「いやー、昨日の抗議要請行動はすごかったな」

合同労組の争議解決要請行動は、春闘行動と並行して行われた。春闘行動の一環として地域労連の幹部たちにも参加してもらった。

しかし、東進電業の本社要請行動では、合同労組の執行委員は皆、殺気立っていた。

神村が、孝広に相槌をうった。

「ええ、田中さんの抗議はすごかったですよ。担当者の耳元で、お前らの会社は労災患者を首にするのかー、ですよ。あの人元公務員でしょ、信じられなかった。日頃のストレスを解消しているのかと思っちゃいましたよ」

「びっくりしたよ。相手もおろおろして、どう対応したらいいのかわからないという顔だったな」

そう言って二人は笑った。東進電業の本社は共同ビルのフロアーを借りていた。自社ビルでないことから、ビルそのものを閉鎖することもできなかったのだ。出てきた総務の担当者は、子会社のことは子会社と話し合ってくれの一点張りで、会議室にも入れようとしなかった。

要請団は三十分ほどロビーで争議の実態を声高に訴え、他の企業関係者にもことの実態を知ってもらおうと努力した。最後には要請団だけでなく、抗議要請行動に参加している全員をロビーに入れての抗議行動を行った。

最後に孝広が担当者に向かって言った。

「私たちを会社に入れないのはわかった。私たちも入れろとは、もう言わない。だから君たちは職場に帰りなさい」

神村が思い出すようにして笑った。

「あれは、面白かった。会社に入れろ、入れないは、よく聞きますが、君たちは職場に帰れ、ですからね。あんな困った顔を見たのは初めてですよ」

笑いながら神村は、パソコンに報告を打ち込んでいる。

笑っている神村とは対照的に、孝広は考え込むようにしてつぶやいた。

「これで、解決に向けた団体交渉に結び付けばいいが……」

孝広は、来週予定している団体交渉に思いを巡らせていた。

「電話出ていただけますか」

神村が、パソコンを打ちながら孝広に電話を指さしている。はっ、と気が付いて孝広は受話器を取った。

「はい、合同労組ですが……えっ、七十二歳の解雇事件ですか」

相手は無茶振りの純子だ。孝広は、たじろいだ。無茶振りの純子が、七十二歳の労働者の解雇の相談にのれというのだ。

「かなり難問ですよね、年齢も年齢だし、……ええ、それはわかりますが……」

孝広は困ったという顔で神村を見た。

神村もパソコンの画面から目を離し、孝広を見ている。

「どこに本社があるのですか、……川崎ですか、……そうですか、でも……」

孝広が、最後の抵抗をしているのが神村にもわかった。

「あ、それは、そうですね。……わかりました。……すいません。……それじゃ事務所へ来るように言ってください」

受話器を置いて、孝広が言った。

「無年金者らしい」

神村が言った。

「相手は、年齢を盾に言ってきませんかね」

「それは大丈夫でしょう。相手はビルメンですから、もっと高齢の方もいるらしいので」

純子の話では、十数年清掃を中心としてビルメンテナンスの仕事をしてきたが、ここ数年管理人とのそりが合わないことから、嫌がらせを受けてきたという。

金属関係の労働組合へ相談に行ったそうだが、年齢を理由に断られたらしい。相談者は、健康で働けるまでは働きたいと訴えているという。高齢化の中、数十万人が無年金者だという今日の日本において、避けては通れない課題ともいえる。

純子に言われて気が付いたが、六十五歳以上は、雇用保険の対象にもならない。国は、雇用保険から切り捨てておきながら、一方で水際作戦と称して高齢の生活保護の申請者に、これでもかというように障害を設けている。兄弟は、子どもは、親戚は、そして蓄えはないのかと。

孝広は、年齢を理由に断ろうとした自分が恥ずかしくなる思いだった。働いて生活するのは当然の権利だ。無茶を言っているのは篠原純子ではなく、国の方だ。相談者が、解雇に同意できないのは当然だ。

七十代の新しい組合員が生まれることになるが、それもいいかもしれない。合同労組には十八歳から七十二歳までの幅広い組合員が結集することになる。地域に責任を持つ労働組合としては、当たり前なのかもしれない。

自分の労働条件を勝手に決めさせない。気に入らない条件を、いやいや飲む必要はない。退職強要にしろ、バイトの条件にしろ、年齢差別にしてもそうだ。納得できないものは了解しない。不同意を貫く。

しかし、労働者と使用者の力は対等ではない。労働組合に入って初めて対等となる。そのためにこそ我々組織の存在意義はある。孝広は、自分に言い聞かせるようにして神村の差し出した報告用紙に目を落とした。

東進電業が動いた

孝広と神村、そして委員長の三人が、団体交渉の場である横浜の関内に着いたのは、六時を少し過ぎていた。日が延びてきたとはいえ、薄暗くなってきた横浜公園を通り、三人は、交渉の場へと向かった。

団体交渉の場には親会社の取締役であり、会社清算人であるサンクシステム元社長を中心に右側に親会社の役員、左側に裁判所で顔見知りのサンクシステムの弁護士が座っている。

孝広は、団体交渉申入書をサンクシステムと親会社である東進電業の双方に送っていた。当然のこととして、サンクシステムからしか交渉受諾の回答は来ていない。

委員長が、一礼して話し始めた。

「お忙しい中、ありがとうございます。それでは本日の団体交渉の主旨を書記長の方から説明させていただきますが、よろしいですか」

会社側出席者が頷いた。

「それでは、私の方から説明と提案を行わせていただきます」

孝広は、これまでの経過を手短に話すと清算人であり、親会社の取締役である元社長を睨むようにして言った。

「確かに、サンクシステムと東進電業は、別法人かもしれません。しかし、会社の解散を決めたのは誰なのですか、解散によって利益を確保するのはどの会社ですか」

孝広は、とても許せなかった。

「そのために一人の女性が傷つき、未来ある子どもたちまで苦しまなければならない状態に追い込んだのは、あなたがたです」

孝広は、自分を押さえるように、一呼吸おいて続けた。

「裁判官の和解も事実上決裂した今日の時点で、私たちも多くを望むつもりはありません。慰謝料や雇用の場を確保しろとの要求を取り下げることを前提として、解決に向けた話し合いができるかを今日聞きたいと思っています」

「それはどういう意味ですか」

会社側の弁護士が、何を言っているのだという顔で聞き返してきた。

孝広は続けた。

「ですから、和解する条件として、慰謝料や雇用の補償を放棄するから、私たちの最低条件を飲んでくださいと言っているのです。そうなれば、証人尋問も必要ないのではないでしょうか」

「条件を言ってください」

証人として決まっている清算人の元社長が身を乗り出すようにして孝広に聞いてきた。

「私たちは、栗田さんの今後の生活保障を第一と考えています」

「一千万円支払うと言っているじゃないですか、足りないのですか」

弁護士が横から口をはさんだ。

「足りないから言っているのです。最低限、親会社である東進電業の社員と同じ労災における補償をしてほしいのです」

孝広は、弁護士の顔を見ずに言った。

しばらくの沈黙があり、元社長が口を開いた。

「わかりました。検討させていただきます。しかし、裁判の方はどうなるのですか」

孝広は、しめたと思った。

「次回の裁判は、証人尋問ですから、当事者同士の和解に向けた話し合いを行っているからと、延期を要請すれば問題ありません」

孝広は、同意を求めるように弁護士へ目を向けた。

当然のこととして弁護士も頷いた。

「ところで、同じ補償というのは、どこまでですか」

同席していた東進電業の役員が恐る恐るという態度で孝広に質問してきた。

孝広は、用意してきたメモを取り出すと言った。

「今日までのサンクシステムとしての賃金補償と、打ち切り補償は当然ですが、東進電業では、労災の上積み補償も行っていますよね。これも社員と同じにしてほしいと言っているのです」

孝広は、東進電業の労働協約を産別の労働者の協力も得て、手に入れていた。

「労災の等級は、将来的なことですから話し合いで決めるとして、少なくとも打ち切り補償までは認めていただけるのなら、その他の細かいことは事務折衝で決めればいいのではないでしょうか」

「わかりましたが、裁判の方は、それでいけるのですね」

元社長は、孝広と弁護士の双方を確認するように見た。

「それはもちろん」

孝広は、当然という顔でいい、弁護士も頷いた。

話を聞いていた委員長がまとめるようにして言った。

「それでは、和解に向けて双方努力するということで、検討期間は一週間程度でよろしいですか」

「結構です」

弁護士と元社長が同時に答えた。元社長にとって証人尋問は何としても避けたかったのだろう。事務折衝に向けた一連の手続き的話し合いが行われ、双方解決に向けて努力することを確認した。

「それでは今日はこれで、どうもありがとうございました」

双方一礼するとこの日の交渉が終わった。

交渉は、予想以上の成果を得ることができた。

会議室を出た孝広は、高まる気分を押さえるようにして委員長と神村に言った。

「成功ですよね」

「当然ですよ。大成功ですよ」

神村が、孝広の両肩をつかんで体を揺さぶるようにして言った。

「これで解決だな」

委員長が星空を見上げながら言った。

労働相談から足掛け二年、孝広にとっても短い道のりではなかった。

「明日、栗田さんと先生に報告しておきますよ」

孝広は、夜桜でも楽しみたい気分で、夜の横浜を歩いていた。

画期的な勝利

事務折衝は、二度開かれたが、大きな食い違いは生じなかった。

退職金は当然として、法律で定められた打ち切り補償、二年間の賃金補償、そして親会社の就業規則にある労災の上積み補償を支払うこととし、支払準備金では不足する金額を親会社が負担することとなった。

解決金は、支払準備金の二倍、約二千万円となった。

孝広は、実感していた。訴えていた法人だけでなく、その親会社に対しても責任を取らせることができた。団体交渉で、法廷では困難としていた「法人格否認の法理」を実質的に勝ち取ったのだと。

二度目の事務折衝を終えて、孝広はその夜に栗田への電話を入れた。

「え、本当ですか……」

驚きと喜びに言葉を失っている彼女の姿が目に浮かんだ。テレビの音と子どもたちの走り回る声が聞こえている。

しばらくして彼女は言った。

「これで、家族の生活を守ることができました。ありがとうございました」

電話の向こうで、彼女が頭を下げているのがわかった。

「栗田さん。この金額で了解してもらえるかを確認したいのですが」

「結構です。ありがとうございました」

その言葉に孝広は安堵した。

納得してもらえるだろうと確信していたが、それでも本人からの了解を取り付けるまでは任務を完了したとは言えない。

「それでは、栗田さんも了解していただいたということで、弁護士さんにも報告しておきます。和解は裁判所で行われる予定ですのでよろしく」

「本当に、ありがとうございました」

孝広は、静かに受話器を置くと、再び受話器を取って弁護士事務所へ連絡を入れた。

和解調書

裁判日当日、和解室へ行こうとした孝広と神村を弁護士が呼び止めた。

「今日は法廷だそうですよ」

怪訝な顔をしている孝広たちに弁護士が言った。

「たぶん、裁判官が一番和解の成立を信用していないのでしょう」

「そうかもしれませんね」

孝広と神村、そして栗田が笑顔で弁護士に応えた。七一七法廷へ孝広たちは入り、いつものように傍聴席へ、栗田と弁護士が原告席に座った。黒い法衣を着た裁判官が、驚いたという顔で入ってきた。

裁判長は、双方が起立して一礼したのを確認すると言った。

「双方この四項目で異議ありませんね」

一昨日深夜まで雇用保険や年金等、詰めの話し合いが続き、細かい条件を含め、合意にこぎつけた結果で、両者に意義のあるはずがなかった。

裁判官が威厳を保つように言った。

「それでは、この四項目で和解調書を作成します」

双方が立ち上がって一礼し、裁判は終わった。和解調書は、後日郵送されることとなり、東京地裁での和解は成立した。和解が成立した瞬間、黒く大きな彼女の瞳が輝いて見えた。

そして彼女は、孝広たちに深々と頭を下げた。法廷を去る彼女の後姿には、母親としての責任を果たしたとの安堵感が漂っているようにも感じられた。

川崎の事務所に帰ってきた孝広と神村は、ドアを開けるなり顔を見合わせて言った。

「いや、よかったな」

満面の笑みで孝広は神村と抱き合わんばかりに喜んだ。

母親である労働者とその子どもたちの生活を、当面かもしれないが守ることができたのだ。

労災申請から、裁判、そして団体交渉、事務折衝、次々と困難な事態を乗り越えてきたし、そのたびに当事者を含めて論議し、新たな決意で対応してきたつもりだった。

瀬戸際での闘いを常に意識しなければならなかった。

「委員長に報告しておこう」

孝広が神村に同意を求めるように笑顔で言った。孝広が携帯を取り出し、報告しようとしたその時、事務所の電話が鳴った。

「はい、合同労組ですが」

明るい声で神村が答えた。

「ええ、相談は何時でも受け付けていますが……、はい」

「……タイムカードとか、資料がありますか……、わかりました。明後日の日曜日、午後一時に、お待ちしています。資料はすべて持ってきてください……はい」

神村は、静かに受話器を置くと、今までの浮かれた顔を一変し、孝広に報告した。

「古田さん。過労死ですよ」

「なに」

孝広が、睨むようにして神村の顔を見つめた。

第4章　過労死

クーラーを入れているのに組合事務所の空気は、いやに息苦しかった。

労働相談センターから紹介された過労死事案の藤森夫人は、書記長の孝広と神村の顔を見ながら訴えるように話し続けている。

「夫の良夫は、私が言うのもなんですが、根が真面目でしたから、無遅刻無欠勤でしたし、部下の休みを取らせるために、自分が出勤して穴を空けないようにしていたのは、同僚の方も言ってくれています」

「亡くなられたのは、いつですか」

孝広は、確認するように尋ねた。

「ですから、一昨年の一月でした」

夫人の話では、夫藤森氏がなくなる前の二ヶ月くらいは休みらしい休みも取れていなかったという。

彼は、昨年の九月に、飲食チェーン店のチーフマネージャに昇格した。

今までも飲食業界に身を置いていた彼は、会社から、新商品の創作、メニュー作成、人材確保を含め、経営者から全幅の信頼を受けていたという。

真面目な男が、その責任感から全力で仕事に打ち込んでいたのは想像に難くない。

「私も会社が、もう少し誠意を見せてくれていたら、ここまで考えませんでしたが、あまりにもひどすぎます。聞いてください」

孝広たちへ迫るように話す夫人の話では、通夜の晩も告別式にも同僚が一人も来なかったが、後日線香を上げに来てくれた同僚の話によると、会社からの指示で社員を出席させず、その日もいつものように店を開けていたという。

「別に私も、商売を止めてまで参列してほしいとは言いませんが、昼間の告別式にも誰も来ないのはおかしいと思います」

「何かあったのですか」

孝広は、商売人の世界なら義理を欠くはずがないと思い質問した。

「通夜の席で義理の母が、社長に『仕事がきつすぎたんじゃないですか』と言ったら、『休みは十分与えていた』というのです。そんなことはないと母が『良夫は休みの日にはいつも実家で夕食をするはずなのに、ここ二、三ヶ月は来なかった』と詰め寄ったのです」

「休日はいつも実家に行っていたのですね」

神村が、いつものようにメモを取りながら聞いた。

「ええ、母は孫と遊ぶのを楽しみにしていましたので」

思い出すように部屋の一点を見つめながら夫人は続けた。

「通夜に来た社長と専務に私も聞きましたが、途中で二人とも帰ってしまって、告別式にも来なかったんです」

　孝広は、頷くようにしてから質問した。

「亡くなられたご主人の第一発見者は、どなたですか」

「それが……」

　急に夫人の頬から涙が滴り落ちてきた。その時を思い出したに違いない。孝広は少し時間をおいてからティッシュの箱を夫人の方へ押し出すようにして続きを促した。

　夫人はティッシュを二、三枚掴むと涙を拭きながら、その時のことを語り始めた。第一発見者は、厳密には警察官だそうで、警察に連絡を入れたのが、社長だという。亡くなった藤森氏は、翌朝が本社での幹部会議だったことから、店舗に設置されている仮眠室で、休息を取っていたという。

　この部屋は、泥酔した客や始発電車が出るまでの間、スタッフが仮眠をとる部屋として各店舗に設置しているそうで、いつもなら帰宅するのだが、朝本社で会議がある時は、仮眠室で仮眠を取ってそのまま出社することが多かったという。

　会議に出席しない藤森氏に社長は、仮眠室へ直接電話を入れ、携帯にも電話したが応答がなかったことから、自ら車を飛ばして店舗へ行ったと言うのだ。仮眠室の呼び鈴を押しても反応がなく、ドアは鍵がかかったままで、困った社長は、警察に電話したというのだ。

「おかしいですね、会議に出なかっただけで社長自ら仮眠室を訪ねたり、警察に連絡するでしょうか。お宅へは電話は入ったのですか」

「いいえ」

「それもおかしいですね」

神村は、メモしている手を休めて夫人を見つめた。

「ですから、社長は、夫の体調が良くないのを知っていたんだと思うんです……」

夫人の涙ながらの説明は続いた。藤森氏の勤務時間は、夕方の四時からチェーン店十店舗がすべて閉店する朝四時ころまでという。これだけでも一日十二時間、休息がとれたかどうかは別として一時間を引いても十一時間勤務になってしまう。

おまけに、ほとんど休暇も取れなかったということだから時間外勤務は概算しただけで百時間を優に超えてしまうことになる。

静かに聞いていた孝広が言った。

「大体状況はわかりましたが、問題はその勤務実態を奥さんの証言以外、どうやって証明するかですね」

夫人は、その眼もとに涙をにじませたまま、孝広を見つめて言った。

「一人、同僚の方が、葬儀の数日後、家を訪ねてくれました。その人から、かなり詳しく夫の勤務実態を聞くことができましたが、証人だけでは無理なのでしょうか」

腕組みしたまま孝広は言った。

「もちろん証言も大事な証拠の一つにはなりますが、タイムカードとか、出勤簿のような具体的な証拠が欲しいですね」

「具体的に何が必要ですか」

孝広は落ち着いてきた夫人に、協力的な同僚にお願いしてタイムカードの写しを手に入れること、出勤時間だけでなく日頃の行動パターンの聞き取りも重要な情報であり、それらを結びつける携帯の通話記録などをまとめることが重要であることを話した。

聞き取りを始めてすでに二時間以上が経っていることから、孝広はこの日の聞き取りを終わることにした。

「次回の打ち合わせには、手に入るものだけでもいいですから、持ってきてください。それから同僚の方もできれば一緒に来ていただけるとありがたいのですが」

「わかりました。頼んでみます。よろしくお願いいたします」

そう言って夫人は帰っていった。

静かになった部屋で神村が、記録を打ち込んでいる。

「初めてだな、過労死に取り組むのは。申請の方法もよく判らないし……」

孝広の言葉に神村が打ち込んでいたパソコンから目を離して言った。

「死亡災害を扱った経験はありますから、もちろん過労死ではありませんがね、様式十五号か十二号ですよ」

神村は工事現場で働いていた経験から、死亡事故の経験も持っていた。

「それは心強いな」

孝広は、少し安堵すると同時に、神村がプリントした記録に目を落としながら尋ねた。

「ところで神村君の裁判の方はどうなっている」

しばらく考えていた神村は、意を決したように話し始めた。

「裁判に勝つ自信はあるのですが、解決の道が見えないのですよ」

孝広には彼の言う意味が解っていた。

彼は同僚の労災を追及し、労災隠しだと告発も含め、闘うよう所属していた労組に進言し続けた。

労組は、表面上は了解していたものの裏で会社と手を結び、会社は名古屋への転勤命令を彼に出したのだ。

親の介護問題も抱えていた彼は、地域限定社員として入社していたことから当然のこととしてこれを拒否した。

ところが、ことあろうに会社は通勤可能との理由で解雇してきたのだ。

したがって法的には勝利することが推定されるものの、労使一体で排除したことから裁判に勝ったとしても職場に戻れるとは思えない現実があった。

孝広は、神村の話に頷きながら言った。

「本部にもう一度要請してみようか」

「無理ですよ」

即座に神村は首を横に振った。

確かにそうかもしれなかった。神村の所属していた労組は、産別として地域合同労組と同じ新神奈川労連に所属しており、組織としては、内部問題となりかねないからだ。もちろん裁判中にも県本部へ問題解決に向けた要請は行っていた。

二人の間に沈黙が流れた。

孝広は、テーブルの上に書類を置くと言った。

「とにかく裁判の全面勝利に今は全力を注ごう。判決で道が切り開かれるかもしれないし、切り開かなければな」

孝広は、自分にも言い聞かせるようにつぶやいた。

「ええ、自分もそう思うのですが……」

二人の会話はここで途切れ、どちらからともなく帰り支度を始めた。

山崎の解雇強要事件

朝だというのに既に気温は三十度近くになっているのだろう。

汗ばんだ額をハンカチで拭きながら、孝広はいつものようにナップザックを背負ったまま、組合事務所の鍵を開けてクーラーのスイッチを入れた。

椅子に座るとパソコンの電源ボタンを押し、新聞を広げた。

「おはようございます」

神村が、ペットボトルの水を飲みながら部屋に入ってきた。

「おはよう」

「今、来たばかりですね」

神村が、さも部屋が冷えていないぞ、という顔で孝広を見た。お前が先に来て部屋を冷やしておくべきだという顔で孝広は煙草をくわえるとベランダに出た。

夏場は特に、誰か先に部屋を冷やしてくれていないかと期待してしまう。最近、当番制で九時までに事務所を開ける人を決めることにした。順番制といっても中心は二人なのだから、交互に出てくるだけなのだが、それでも当番でない日は気が楽になる。

壁のホワイトボードに目をやり、今日の予定を確認しながら孝広は神村に話しかけた。

「昨日の藤森さんの件だけど、経営者はかなり悪質だよな」

「ええ、過労死するかもしれないと感じていたんじゃないですか」

その時、チャイムが鳴った。

「どうぞ」

突然の訪問者は決して珍しいことではない。組合事務所には、解雇された争議団や平和運動に取り組んでいる人たちが、オルグや要請でよく訪れる。しばらく待っていたが、入ってくる気配がない。

神村が、入り口のところまで行ってドア開けた。

「何か」

「ここで労働相談にのってもらえるのでしょうか」

背広姿の男が、入り口のところで立っている。

「労働相談ですか、はい、どうぞ中に入ってください」

男は、おずおずと事務所に入ってくると言った。

「山崎と言います。解雇されそうなんですが、何とかなるでしょうか」

男は落ち着きがなく、部屋を見渡すようにして言った。

「古田と言います。何があったんですか」

孝広は名刺を差し出しながら尋ねた。

「会社に強制的に休まされているのです。このままでは解雇になってしまうと思うのですが……」

「給料はどうなっているのですか」

「今は年休で何とかつないでいますが、年休が無くなったら、欠勤に……」

山崎の話では、食品部門の営業主任として働いてきたが、あまりの忙しさに増員を上司に要求してきた。しかし所長や課長は聞く耳を持たない。思い余って本社の社長に直接メールを送ったという。

その結果、所長から「体が持たないと言うなら休んで病院へ行ったらどうだ」と言われ、会社に出勤しても強制的に帰されてしまったという。

以後勤務可能との診断書を提出しても出社が許されないというのだ。

「そんなに忙しかったのですか」

孝広は、業務内容を含めて問いただした。

「営業は、勤務時間が不正確で、直接顧客の店へ行ったり、客先でのデモ販売の時などは閉店の十時まで働いて、その後、片付けまでしますから、時には日付が変わっても帰れないこともあります」

「残業代は付いていたのですか」

神村が口をはさんだ。

「いえ、主任手当の二万円と営業手当が三万円付いているだけです」

孝広と神村は顔を見合わせた。

「先ほどの話では、毎日そんな仕事をしていたら、土日休んだとしても残業が五、六十時間はしていることになりますよね」

「いえ、土日は平日より忙しいのです。ですから振替休日がたまって」

「え、代休ではないのですか、振休ならたまるわけがありませんよ」

孝広は、山崎の顔を覗き込むようにして聞いた。

振替休日は事前に振り替える休日を決めておかなければならないし、再度の振替は違法となる。振り替え休日は代休と異なり、休日出勤割増を支払う必要がない。会社はサービス残業させているだけでなく、休日出勤の割増さえ払わずに働かせているのだ。

「おかげで、一ヶ月も休んでいるのに欠勤にはなっていませんが」

山崎は頭を掻きながら話している。

これほどの長時間労働であれば体調を崩さない方がおかしい。

限界を感じた結果としての社長へのメールが、逆に所長の怒りをかったに違いない。それにしてもひどい働かせ方をしている。結果がすべてだと言わんばかりに他の営業マンと競わせ、がむしゃらに働かせる。体調を崩して休めば、完全に治るまで出てくるなという。無謀な成果主義と自己責任論そのものだ。だからこそ問答無用的に休ませている。というより、気に食わない彼を、退職に追い込もうとしているのだ。

孝広は、団体交渉で解決するためにも組合に入ることを進めた。

山崎は二つ返事で了解した。

「それでは、ここに会社の住所と代表者の名前を書いてください。それから山崎さんの携帯番号もお願いします」

「はい、よろしくお願いします」

山崎はスマホを取り出すとネットから会社の代表者名と住所を書き写している。

孝広は、団体交渉申入書に書くためのメモに、雇用の確保を前提として、サービス残業の是正も書き入れた。こういう経営者や会社幹部には、サービス残業や休日出勤手当をまともに支払わせ、労働者を増やしても損にならないと自覚させなければならない。

過酷な労働の陰には、必ず他の違法行為が潜んでいる。山崎は、組合加入申込用紙を書き終って孝広の前に置いた。

孝広と神村は立ち上がって言った。

「それでは頑張りましょう。山崎さんの要求は他の社員の要求でもあるのでしょうから」

「はい、頑張ります。ありがとうございました」

山崎は、事務所に入ってきた時とは違って少し元気が出てきたのだろう。営業マンらしく礼儀正しく頭を下げると部屋を出ていった。

過労死した藤森の遺品

季節は九月に入り、残暑はあるものの、ひと時の様にクーラーさえ効かないといった酷さはなくなってきていた。

「今日は藤森さんが来る予定だよな」

孝広は確認するように神村に尋ねた。

「ええ、七時の約束です」

仕事が長引いているのかもしれない。時計の針は既に七時十五分を指している。藤森氏の過労死に関する検討を進めてきたが、今一つ具体的なものが見つからなかった。

孝広は今日、協力者の検討と、仕事内容から労働時間を推定し、労災申請書を書き上げようと考えていた。

「遅くなってすみません」

噂をすれば、ということか、少し太り気味の藤森夫人が汗を拭き拭き部屋に入ってきた。

「まあ、冷たいお茶でも一口飲んで少し落ち着いてください」

神村が冷蔵庫からお茶のボトルを取り出すと勧めた。

「ありがとうございます」

夫人は、汗を拭きながら、鞄からスマホを取り出すと言った。

「すいません。同僚の竹内さんは、今日は仕事で来られませんが、協力は約束してくれました」

「それは素晴らしいですね」

協力者の獲得は何よりも力強い味方を得ることになる。思わず孝広の頬が緩んだ。

「それから、これは夫の遺品ですが」

夫人は、そう言ってスマホの電源を入れてテーブルの上に置いた。

スマホには、ＬＩＮＥとメール、そして営業用ソフトのマイドが入っているという。

しかし、時間が経ってしまっていることから、どの程度スマホに残っているか不明だと、夫人は不安そうにスマホを見た。

「スマホも古くなっているのか、すぐ電池が無くなってしまうのか、その時によって見えたり見えなかったりするんです」

神村が、スマホを手に取って見ながら聞いた。

「このマイドというのが会社で使っているソフトですね」

「ええ、竹内さんの話では、その日の売上や顧客の注文状況が一目でわかるものだそうです」

孝広と神村が顔を見合わせて言った。

「このソフトを見れば、ご主人が何時に各店舗の締めを行っていたか、何日出勤したかもわかりそうですね」

夫人は、頷きながら言った。

「私もそう思ってログインして、メニューから入ろうとしたのですが、既にＩＤは削除されていて、内容を見ることができませんでした」

「よくパスワードがわかりましたね」

「いえ、夫は、銀行のＩＤパスワードも生年月日を反対にして使っていましたので」

なるほどと頷きながら孝広は確認するように言った。

「ＩＤが削除されたと何故わかったのですか」

「全くシステムに入れないわけではないのです。システムのメニューまでは入れますが、それ以上は権限がないとして、はじかれてしまうのです。何とか情報を得ようと、私もソフトメーカーに電話を入れ、事情を説明して協力を依頼しましたが、契約者が会社なので『会社からの依頼が無ければ出せない』の一点張りでした」

腕組みしたまま、孝広は言った。

「しかし、このスマホに入っている情報は、誰と何時会話したかがわかりますから貴重ですよ。ところでタイムカードは何とかなりそうですか」

「あっ、それも竹内さんが一部持ってきてくれました」

そう言って夫人はバックの中からクリアファイルを取り出した。

ファイルには三ヶ月分の川崎店のタイムカードのコピーとシフト表の写真が入っていた。

「これは川崎店のタイムカードですね」

孝広が店名を確認して言った。

「そうなんですが、竹内さんの勤務している川崎店のタイムカードしか手に入りませんでした。他店のタイムカードをすべて取ることは竹内さんにも難しいと言っていました」

確かに十店舗すべてのタイムカードやシフト表を得ることは困難だろう。

本社のパソコンからなら簡単だろうが、それを行う術はない。

しばらく考えていた孝広は意を決したように言った。

「とにかく、今ある条件と可能性をすべて繫ぎ合わせて、ご主人の勤務実態をおぼろげながらでもいいから作成してみましょう。それから足らない部分をどうするかを検討していくとして」

神村が頷き、用意していた書類を夫人の前に置いた。

業務災害用様式十二号と、遺族（補償）給付関係書類の一覧表だ。これには添付書類及び資料の一覧も記されている。

書類を確認すると孝広は言った。

「藤森さんは、この書類を用意してください。不明な点は私たちに聞いてもらってもいいですが、直接労基署に聞いてもらった方がいいかもしれません。私たちは、今日いただいた資料を分析して時間をつなぎ合わせてみます」

夫人が黙って頷き、書類を確認するようにしてバッグに収めた。

「神村君は、ＬＩＮＥの分析をしてくれないか、私はメールを担当する。それらをタイムカードとつなげてみよう。川崎店での彼の動きが解ればそれを他店にも広げられるかもしれない」

「わかりました」

ＬＩＮＥには、各店舗の店長だけでなく中心的な社員が入っており、メールは、社長との会話記録も残されているようだ。

「どの程度の期間を調査対象にしますか」

神村が聞いてきた。

「当面半年をターゲットとしていきたいが、半年分のデータがあるかだな。私の方はＮＴＴへ記録が残っているか聞いてみるよ」

「それじゃ藤森さん。来週の土曜日か日曜日までにまとめられるところはまとめておきますから、藤森さんの方も竹内さんが来られるかも含め、相談しておいてください」

「わかりました。それじゃ来週の日曜日に、よろしくお願いします」

藤森夫人は、少し安堵したのか、確かな足取りで帰っていった。

この日夫人が持ち込んだ資料は、極めて重要な証拠と言えた。しかし、それぞれの資料がバラバラであり、これを如何に繋げていき、過労死としての長時間労働の実態を証明できるかだ。

無言で腕組みしている孝広に神村が言った。

「ＵＳＢにメールのデータは移しておきますので」

「ああ」

気のない返事を返した孝広の胸に、言いようのない不安が広がっていた。

さっきは一週間後にデータをまとめておくと藤森夫人に言ったが、果たして間に合うだろうか。過労死という極めて重い責任に耐えられるだろうか。自分自身の経験というか能力に不安を感じざるを得ない。孝広の頭の中は、解雇がらみの山崎の案件、そして今抱えている裁判を含めた十数件の案件がぐるぐると頭の中で回っていた。

新たな案件を受ける余裕は……

日が短くなってきたのか、それとも今日は天気が悪いのか、まだ六時前だというのに外は薄暗くなってきていた。

定例の執行委員会まで後三十分だ。

「間に合うかな、神村君、山崎さんの団体交渉申入書できているかな」

孝広は何時になくイラついていた。

「もう少しです」

自らも不当解雇の裁判を闘っている神村も大変であることは確かだった。

十数件の案件の方向性を月一回の執行委員会だけで、処理するやり方が間違っているのかもしれない。

電話が鳴っているが、二人とも取ろうとはしなかった。

孝広はパソコンに必死で打ち込んでいる神村を横目で睨みながら受話器を取った。

「はい、合同労組ですが……はい、そうですが、どんな内容ですか……」

忙しい時に限って労働相談の問い合わせが入ってくる。

相談内容は、賃下げ、サービス残業の横行している職場環境を正してほしいというものだ。

電話を聞きながら、孝広はどうしたものかと考えこんでしまった。

今、時間がないだけでなく、新たな案件を受け付ける余裕が自分たちにあるのだろうか、確かに相手は困難に直面している。今まで組合として断ったことはない。しかし、この日孝広は、何故か追い詰められているような気持ちに駆られてしまっていた。

困惑している孝広に向かって、神村が壁に貼られた連絡先一覧を指さしている。お前が電話を取らないからだ。そんな言い訳にもならない愚痴が頭をよぎった。よぎったと同時に神村の指している連絡先に目を向け、はっとした。そうだ、労働相談に応じているのは自分たちの組織だけではない。孝広の脳裏に労働相談センターの篠原純子、通称無茶振りの純子の顔が浮かんだ。案件を振られるだけでなく振ってやろう。

孝広は急に明るくなって電話の相手に問いただした。

「会社は横浜と言いましたよね。……横浜にも私たちと同じ労働組合がありますから、会社と交渉するにしても、そこと相談した方がいいと思います。紹介しますので、そちらに電話してください。……ええ、こちらから内容は伝えておきますので……、はい、よろしくお願いします」

相手は川崎に住んでいるものの勤務地は横浜だ。孝広は、受話器を置くと労働相談センターに電話を入れた。

「もしもし、合同労組の古田ですが、篠原さんをお願いしたいのですが」

「はい、篠原ですが」

篠原は、何事かと電話口に出てきた。

「すいません、お忙しいところを。横浜の労働者が相談に来られたので、そちらで横浜の労組を紹介していただけないでしょうか、内容は一般的なサービス残業のようです。特に難しい相談じゃないと思いますので、内容はＦＡＸしますから……、ええ、よろしく」

そこまで一気に話して孝広は電話を切った。受話器を置くと孝広は神村に向かってグーの親指を立てた。しかし、この男は機転の利く男だ。いや、彼も目一杯の状況は同じなのだろう。ほっとして孝広は執行委員会のレジュメ作りに頭を切り替えた。

戦略会議　過労死事件と長時間労働

定刻を少し回ったところでレジュメと資料を抱えて孝広と神村は会議室へ滑り込んだ。執行委員は既にほぼ全員会議室に集まっている。

「ご苦労様です」

「おつかれさん」

孝広と神村は、挨拶を交わしながら、皆の前にレジュメを配り始めた。

「今日も盛りだくさんなのかな」

委員長が禿げた頭をなでながらレジュメに見入っている。

孝広は黙って委員長の言葉に頷いた。

「それじゃ始めましょう。提案してください」

孝広は、今日の論議の中心点として食品会社の営業マンの強制休職案件、過労死事件の立証に向けた経過、そして大会議案書の骨子について説明した。

「他の案件は、まだ時間がありますが、過労死の案件は、関係者の記憶と記録との関係もあり、急がなくてはなりません」

「過労死は初めてだが、少し時間が経っているな」

執行委員の一人が質問をした。

「ご主人が亡くなったショックと、お子さんのこともあり、すぐには動けなかったこともありますが、その後奥さんも体調を崩されたそうです」

孝広は、奥さんの病気と家庭の状況を説明し、理解を求めると同時に労災での死亡事故の経験を神村が持っていることも報告した。

「わかった、それじゃ神村君の経験も生かしてもらうこととして、当面は古田君、神村君二人と、女性として聞く場合もあるだろうから女性部長の清水さんも加わって、チームとして対応してもらいましょう」

委員長の提案にみんなが頷いた。

「次の営業マンの問題は、少しややこしいな」

委員長は、サービス残業の問題なのか、強制休職による解雇に対する不安の払しょくなのかの説明を求めた。

「このままでは、解雇の可能性もあります。しかし、問題の核心は、長時間労働を強要している労務管理と賃金制度の在り方で、ここを変えなければ、彼の問題が解決したとしても根本的解決にはならないと思います」

今までの経験から、会社は主任手当や営業手当で残業代を支払っていると主張してくることが予想された。

執行委員会にはいろいろな意見が出される。

「成果主義が諸悪の根源じゃないのか」

「いや、能力のある者が評価されるという点ではいいんじゃないですか」

「バカ言うな」

「でも……」

成果主義の論議では比較的若い人に肯定論者が多く、中高年には反対論者が多い。

「そんなことより、今、国会に提出されている労働法制の改悪案では、残業代ゼロでも合法にするそうだから、営業マンの要求も、過労死も自己責任論で合法化されてしまうぞ」

「えっ、本当ですか、そりゃまずいな」

「過労死やサービス残業だけじゃない、社会保障の切り捨ても、自己責任論だ」

論議が始まると意見は、四方八方に広がっていく。

「とにかく団体交渉で相手の出方を見てみましょう」

委員長も頷き、孝広にまとめろと目で合図を返してきた。

「それでは、この二案件については、チーム対応で、団体交渉の結果を踏まえて進めていきます」

続けて孝広は、他案件の裁判日程や交渉日程などを報告し、大会議案の骨子については、それぞれに検討してもらうこととし、執行委員会は終わろうとしていた。

しかし、何か孝広は気持ちがしっくりしていなかった。それは、今日一日漠然として感じているものだった。

このままでは、忙しさにつぶされてしまう。相談を持ち込む者は皆、生活そのものの岐路に立たされている状況であるにもかかわらず、それに真正面から対応できていないのではないだろうか。相談者の話を聞き、その場で判断を迫られる。神村も優秀ではあるが、自分と神村ですべてを判断していいのだろうか。

孝広は、自問自答しながら、そしてこのまま執行委員会を終わらせていいのかと悩んだ。

「すいません。各案件に関する判断方法についてですが」

孝広は、率直に今の気持ちを話した。

労働相談の種類は、一様ではないし、その職場の状況や家庭環境も多岐にわたる。経験を積んできたとはいえ、孝広と神村だけの判断で、その方向性を提案していいものだろうか、その判断によって、時にはその家族を含めた今後の人生を決定しかねない。

議案書でも運営方法の一部変更を提案しているものの、極めて重大な責任を負った状況の中で孝広はいつも自分が出した結論について自問自答し、揺れていた。

相談が寄せられる。

違法な扱いを受けているかどうかは判断できるが、その解決方法をどうするのか。司法に委ねるとしても労働審判にするのか、仮処分を求めるのか、本訴として初めから本腰を入れて闘うべきなのか、いや、労働委員会に持ち込む、もしくは労基署へ依頼すべきか、これらは時間もその判断要素に入ってくる。

経済的余裕を含めた家族構成、会社の対応や資質も関係してくる。

孝広は、時に自分もメンタルを患っているのではないかと不安になる日頃の思いを率直に皆にぶつけた。

「……ですから、正解のない回答を求めて、いつも悩んでいますが、時間もないですし……」

委員長は、腕組みをしたまま、孝広の話を黙って聞いていたが、静かに孝広を見つめて言った。

「古田君、正解はないよ。執行委員会を何度も開くことは難しいが、僕なら時間の許す限り相談にのるよ。そうだ今後、三役と書記次長を含めた四役会議を必要に応じて開こう」

「そうだ、それがいい」

執行委員からも賛同の声が上がった。

委員長の提案に孝広は救われたように感じた。

孝広は、書類を片付けながら部屋を出ていくみんなの背中を見て救われたように感じた。

「あっ、私も後から行きますので」

孝広は、集団の英知と論議の大切さを感じた瞬間だった。

二人の話を聞いていた執行委員たちが、それぞれに鞄を抱えて部屋から出ていく。

「よし、飲みに行くか、場所を変えるといい知恵も出るぞ」

孝広は、今日のいらだつ自分への回答が一応得られたように感じた。

「わかりました。そうさせていただきます」

やはり妻は手厳しい　人生の岐路

孝広は、自転車を自宅マンションの駐輪場へ押し込むと、階段を上ってドアの前で深呼吸した。酒が胸の鼓動を早くしているのかもしれなかった。

部屋に入ると、洋子が孝広の顔を覗き込むようにして言った。

「飲んできたんでしょ。食事はいらないわね」

「あ、あー、お茶をくれないかな」

そう言って孝広は椅子に腰を下ろした。

「なあ、道が分かれて右に行こうか、左に行こうか、迷ったら、君は何を基準にして考える」

突然孝広は洋子に尋ねた。

お茶を入れていた洋子は、笑いながら聞き返した。

「何よ突然」

「いや、時間の物差しで考えるか、距離で考えるか、はたまた別の方法で決めるかだよ」

洋子が、湯飲み茶わんをテーブル置くと言った。

「その時の気持ちよ。右か左かだけじゃなく、引き返すかもしれないじゃない。なんでそんなこと聞くの、またなんか悩んでいるのね」

「ああー、例えば、解雇事件の解決に向け、時間の尺度で考えるべきか、生活の尺度か、正義、不正義で測るべきか、悩むことが多いんだ」

孝広は、今日の執行委員会の論議を思い出しながら洋子の顔を見た。

「私は、あまりそんな岐路に立ったことが無いから解らないわ、強いて言えば、貴方から結婚を申し込まれた時かしら」

笑いながら洋子は孝広の顔を見た。

「おい、あの時そんなに悩んだのか」

三十数年前のことを突然持ち出された孝広は、戸惑ったが、同時に昔の自分を思い出して苦笑した。

「当然でしょ、出世の可能性はない。ということは給料は低いままでしょう。一生貧しい生活を覚悟してまで一緒になる相手かは、悩まないほうがおかしいわよ」

「えっ」

孝広は驚いて洋子の顔を見つめた。

彼女の顔は真剣で、彼女も当時を思い出しているのだろう。

「でも、喜んでいるように僕の目には見えたよ」

「馬鹿ね、だから男は単純なのよ。女はもっとしたたかなのよ。引き返すことも考えていたわ」

ギョッとして孝広は、洋子の顔を見た。

「つまり、貴方の発想には、戻るとか、やめるという考え方が無いのよ」

孝広は、打ちのめされたように肯いた。そして、笑顔の洋子の手を握ろうとしながら言った。

「争議の件は別として、僕らの関係は大丈夫だよね」

洋子は、その手を振り払うようにして言った。

「わからないわよ女は、貴方は疲れているんでしょ。早く寝なさいよ。私はこれから見たいDVDがあるんだから」

孝広は、うなだれて言われるがままに寝巻に着替えると寝室へ向かった。

難航する藤森の過労死事件

秋も深まってきたのか、川崎には珍しく空は青く澄んでいる。

孝広は、日曜日の朝早く、事務所に向かっていた。澄んだ空とは裏腹に、孝広の気持ちは何故か重かった。先週藤森夫人と約束したデータのまとめがうまくいっていないのだ。誰もいない部屋に入ると孝広は、昨日の作業を続けた。

孝広は、昨日ＮＴＴの店に行き、率直に事情を説明し、協力を依頼した。

しかし、その回答は、極めて不誠実な回答だった。

孝広は、会話記録はどの程度残っているのか、少なくとも誰と誰が会話したかの記録が欲しいと話した。ところが、担当者の回答は、三ヶ月程度しか記録は残っておらず、それも料金請求のために使用する、自分からかけた会話記録しか残っていない、と言うのだ。

孝広は、自らの経験からも、そんなはずはないと確信していた。サーバーのログは必ずセーブしていると考え、質問した。

「司法からの要請があればもっと長期間のデータを提出してもらえるのでしょうか」

この問いに対して担当者は、システム担当者に聞いてくると席を外した。しかし、結果は同じものだった。

孝広は、怒りと悔しさに包まれた。ありえない回答だ。しかし、これが今日の日本の産業界の現実なのかもしれない。孝広と話している、この親切な担当者も正社員ではないだろう。マニュアルに従って対応しているに違いない。

そして、彼の質問に回答しているシステム担当者も一年単位の契約社員かもしれないのだ。

孝広は、苦りきった顔で「わかりました」と言って席を立った。

力なく帰ってきた孝広は、それでもＵＳＢの中に残っているデータを一つひとつ時間と相手を判別して書き出した。幸いにもスマホのメールと通話記録は、過労死した時から、ほぼ止まったままの状況で残されていた。かなり、当時の会話相手と内容が解る。少し遅れてきた神村も隣で作業している。

　その時、ドアを開けて人が入ってくる気配が感じられた。

「おはようございます」

　藤森夫人の声だ。孝広は、席を立って夫人を迎え入れた。

「ご苦労様です」

　夫人の後に男が立っている。

「初めまして、竹内と言います」

　無精ひげの男は、頭をちょこんと下げると部屋の中を見渡している。

　孝広と神村は協力者の竹内に挨拶すると夫人に言った。

「メールの部分は、ほぼ終わりましたが幾つかのことがわかってきました。神村君のＬＩＮＥはどうかな」

「ああ、私の方もほぼできています」

「よし、それじゃ始めよう」

　孝広は、メールの日時と相手の一覧表を示した。神村は、ＬＩＮＥの発信時刻、会話内容から業務内容の推定、そして相手を一覧表にしていた。

「それでは、これらを組み合わせて亡くなられる直前の状況を書き出していきましょう」

　孝広は、二つの資料を並べて驚いた。メールで朝十時に本社に来るようにとの社長の指示があるにもかかわらず、翌日のＬＩＮＥでは「お疲れさん」との言葉を朝四時に各店長に投げているのだ。

つまり、前日の十時から、翌日の朝四時まで、実に、十八時間働いていたことになる。

それだけではない、横浜店の店長とのＬＩＮＥでのやり取りでは、次の日の店長の休暇を補償するため、店長業務を彼が代行するとしている。

孝広は、チェーン店の勤務が厳しいことは知っているつもりだった。しかし、これほどとは、想像することもできなかった。

「藤森さん、これじゃほとんど家に帰って休む時間が無かったのではないですか」

孝広の質問に、夫人は、下を向いたまま黙ってしまった。

孝広はしまったと思った。けっして夫人を問い詰めるつもりはなかったが、取りようによっては藤森氏の死を夫人が阻止できなかったことに対する追及にも聞こえただろう。

「すいません。奥さんの責任を言ったつもりはありません」

「わかっています」

夫人は少し時間をおいて話し始めた。

「付き合っていた時、彼はアルバイトでした。でも結婚して子どももでき、何としても正社員になりたいと必死に働くようになりました」

唇をかみしめるようにして夫人は下を向いたまま続けた。アルバイト社員として働いていた藤森氏は、子どもが生まれたのを機に、社会保険もある正社員への登用の道を求め、何日でも徹夜に近い勤務を自ら進んでするようになったという。会社は、正社員という餌をぶら下げ、使い放題酷使し、おまけにサービス残業までさせていたのだ。

「最初は私も心配して、休みを取るように言いましたが、彼は店長時代に正社員となり、翌年チーフマネージャになってからは、私の言うことなど聞かなくなってしまいました。家で寝ていても、社長から電話があれば飛んで行ってしまうのです」

きっと彼は、念願の正社員となり、社長のどんな無理難題にも応えようと必死だったのだろう。担当している店の店長が休むと言えば店長代理に、店のシフトに穴が開きそうになると自分が一店員となってその穴を埋めてきたのだ。

彼にしてみれば、奥さんや子どもの為にも、やっと掴んだ正社員の地位を何としても守らなければならないとの使命感に囚われていたに違いない。

「竹内さん。これが川崎支店で藤森さんが一店員として働いた時のシフト表ですね」

確認するように孝広は、竹内がスマホで撮ってきたシフト表の写真を指差した。

「ええ、そうです」

シフト表には、アルバイト店員の中に藤森の名前が記載されている。

「私と子どもの為に……うう……」

そこまで言って夫人は机に肘をついて泣き崩れてしまった。

部屋の沈黙を破って神村が言った。

「とにかく、こんな会社が存在していることそのものが社会悪なのですから、徹底的に真実を明らかにしましょう」

神村の言葉に皆は、我に返ってＬＩＮＥでの会話内容とメールから、業務に従事していた時間を書き出す作業に戻った。

「これで、ほぼ過労死の証拠はそろったと思いますが、問題は、この事実を、どうやって立証できるかです。竹内さん。こうした勤務が藤森さんのチーフマネージャの勤務として当たり前だったと証言していただけますか」

孝広は、拝むような気持ちで竹内を見た。

「もちろん。そのつもりで来ましたし、他にも協力してくれる人もいますので」

竹内は、当然という顔で応えた。

よし、これで決まった。孝広は、ＬＩＮＥでの会話内容とメールの時間、相手との組み合わせで藤森氏の勤務実態を立証できることに確信を持った。

「藤森さん。労基署に出しましょう。その後の細かいことは、意見書や上申書で補充するとして、時間の問題もありますから、取り敢えず、労災申請しましょう」

孝広は、そこまで言って神村を見た。神村も頷いている。

しかし、そこで孝広は、思いとどまった。四役会議に諮るべきなのではないか。

「それでは、今日の話を基本とし、労基署へ申請する予定ですが、組合としても、組織として確認する必要がありますので、少し時間をください」

孝広は、四役会議を今週中にも開こうと思った。

この日の打ち合わせは、結果として労基署への労災申請に確信を与えるものだったが、あえて孝広は、四役会議を経た後の申請にこだわりたかった。

「神村君、この資料を含めて、意見書にまとめてくれないかな、僕は四役会議のレジュメを書くから」

孝広は、これでいいと思った。執行委員会であれほど論議した結果を無駄にしてはならない。

「組合としての意見もありますので、これもまとめて申告時には意見書として提出したいので、少し時間をください」

「はい、わかりました」

これで、過労死認定への申請は準備が整ったことになる。

しかし、無権利・低賃金で働かされる非正規労働者、そこから抜け出そうともがき、その為に、理不尽な要求にも応え、無謀な競争を無意識のうちに強いられる。そして身体を壊せば、それは自己管理・自己責任だと言う。何時からこの国はこんな酷い働かせ方を許してしまったのだろう。

孝広は腕組みをしたまま、シフト表の写真を睨んでいた。

山崎の団体交渉

秋風が吹き、落ち葉が歩道を走り回る中を孝広たちは、山崎の団体交渉へと向かった。

食品会社との団体交渉が行われる会場には、委員長を筆頭に、孝広と神村を含めた五人の執行委員が席を埋めていた。

双方の名刺交換が終わると委員長が言った。

「本日は、貴重な時間をありがとうございます」

委員長が、型どおりの挨拶を述べ、交渉が始まった。

「それでは具体的な内容は書記長から」

そう言って委員長は、要求内容の説明を孝広に譲った。

孝広は、山崎の体調は回復しており、職場復帰は可能なのだから、これ以上の自宅待機は別の意味があるとしか考えられないこと。彼が体調を崩した原因は明らかに長時間労働にあるのだから、それを改善すること。さらに法律遵守の立場で就業規則を見直してほしいと説明した。

説明が終わるか終わらないうちに、黒縁の眼鏡をかけ、でっぷりとした所長が反論してきた。

「山崎君の自宅待機は、別に体調を崩したからだけではないんですよ。彼は、今年の正月に飲酒運転で免許を取り消され、そのために彼の補佐として同僚が運転したりと、皆に迷惑をかけているからですよ」

聞いていた執行委員も初めて聞く内容が含まれている。相談者の多くは、会社の問題点を述べるが、本人の問題点をあまり語らない場合がある。会社と話し合って初めていろいろな事情がわかってくることもある。

山崎の免許取り消しは初めて聞くことだが、特に驚く必要はない。こんなことはよくあることなのだ。

孝広は、一呼吸置くと言った。

「飲酒運転は、半年も前のことですよね。その時は出勤停止とか、減俸とか、処分したのですか」

「いや、事故を起こしたわけでもないことから口頭注意だけで済ませました」

「それでは今回の出勤停止とは関係ないわけですね」

孝広は、所長を正面に見据えて確認するように聞いた。

「いや、それも関係していますよ。つまり日常的な態度が積もり積もってこういう処分を下したわけで、同僚もみんな迷惑しているし、彼に復職してほしくないと言っているのですよ」

委員長が、体を乗り出して言った。

「免許の問題は、書記長が言ったので繰り返しませんが、同僚との関係は、上司であるあなた方の責任ではないのですか。職場をうまく回していくのが、あなたの仕事でしょう」

答えに窮したのか所長は隣の課長の顔を見ながら言った。

「とにかく、山崎君の処分は川崎営業所として決定したことで、本社にも報告済みです」

執行委員が如何したものかと、顔を見合わせた。

その時神村が言った。

「出勤停止は、会社の方針ということですから、そうすると年休を使い切った後は、労働基準法二十六条による会社都合の自宅待機になりますから、六割の賃金は支払うということですね」

ギョッとして所長の脂ぎった顔が神村を睨んだ。

年休を使い果たさせ、その後欠勤から、自然退職を考えていたのだろう所長は、驚きを隠さなかった。

「今後のことは、検討しますよ」

組合は、サービス残業問題では、誠実に交渉しなければ労基署への申告も辞さないことを述べ、その改善も要求した。

会社は案の定、営業手当などで支払っていると強弁してきた。彼らの態度は、法律など関係なく、自分たちが社内のルールを作っているのだと言わんばかりだ。

「とにかく、こんなことで解雇はできませんし、法を守った営業活動をしてくださいよ。本社ともよく相談して、後日回答をください」

委員長が、まとめる形で今後の交渉の持ち方を提案した。

組合は、会社の回答が固まったところで再度の団体交渉を行うことにし、この日の交渉を終わった。

事務所から出てくると山崎が頭を掻きながら孝広たちに言った。

「まさか、免許のことまで言ってくるとは思いませんでしたよ」

「まあそんなこともありますよ。会社は、山崎さんを辞めさせようとして、あらゆる情報を集めたにすぎませんよ。他でもよくあることですから」

孝広は、気にするな、というように山崎の肩を軽くたたいた。

組合員を育てる

窓の外は、秋の夜長を示すように既に日はとっぷりと暮れ、緊急の四役会議は、夜の七時から開催された。

「ご苦労様です。少し遅いので具体的提案からさせてもらいます」

孝広は、先日まとめた過労死の労災申請内容と、山崎の団体交渉後の報告を行った。

「過労死の方は、それだけ情報があれば提出を急いだ方がいい。足りない部分については、後で追加すればいいんじゃないか」

委員長が、納得したように頷いた。

「しかし、この会社はどうにもならないわね」

四役会議の資料として出されている食品会社から送られてきたＦＡＸを見ながら女性部長の清水が言った。看護師の仕事をしている清水は、常に冷静だが、少し悲観的なところもある。

ＦＡＸには、会社方針は変わらないことが明記され、同時に今後の団体交渉を事実上拒否するとの内容が、述べられていた。

「再度団体交渉を申し入れましょうか」

神村が、四役の顔を見渡して言った。

委員長が、困ったという顔で、ＦＡＸを見ながらつぶやいた。

「申し入れても無駄だろう」

孝広も考えは同じだった。会社、特にあの所長が、そう簡単に考えを変えるとも思えない。

しかし、このまま黙っていたのでは、解雇事件にまで発展してしまう。もちろん不当解雇で闘えば、勝てるだろう。

だが、裁判で闘えば一、二年はかかってしまう。労働審判に持ち込んでも半年はかかる。それまで、山崎は、家庭と家族の生活を保つことができるだろうか。

しばらく考えていた孝広は、意を決したように皆を見回して言った。

「労働委員会にあっせんを申請しましょう」

女性部長の清水が言った。

「あっせんも拒否してくると思うわ」

孝広は、頷いてから話し始めた。

「今の会社の態度から推測すると拒否してくる可能性が高いと思います。ですから事務局に状況をよく説明し、拒否した段階で不誠実団交として不当労働行為救済に切り替えようと思います」

説明を聞いていた皆が納得したように頷いた。

「しかし、不当労働行為だと弁護士に依頼しなければならないだろう」

「それは何とかなると思います」

孝広は、不当労働行為でも証人尋問の段階では事務局から弁護士を付けるように要請されるが、その前の調査段階で労働委員会提案という形での和解により、弁護士を付けないで解決してきた経験を持っていた。

ただし、この場合、労働委員会事務局との密接な連携が必要となる。会社の違法行為を丁寧に説明し、不当解雇事件を未然に防ぐ事案だということを理解してもらっておくことが求められるのだ。

「来週にも神村君と事務局へ説明に行ってきたいと思います」

孝広は、隣の神村に同意を求め、神村も頷いた。

「よし、書記局に頑張ってもらうことにしよう」

委員長が、禿げた頭をなでながら了解した。これで当面の重要案件の方向性は決まった。

孝広は、神村に向かって言った。

「明日も忙しいぞ、労働委員会の資料作りと事務局との交渉だ」

「えっ、労災の方もまだ出来上がっていないんですよ」

「それは俺も同じだよ」

孝広は、四役会議で使用した資料を片付けながら明日からの作業に気を巡らせていた。

神村は、労災に関する知識はかなりあるが、労働組合活動そのものに長けているとは言えない。労働委員会を利用したこともないはずだ。彼に労働委員会の活用方法をマスターしてもらえれば、ほぼすべての知識を持ったことになる。

孝広は「これでいい」と心の中でつぶやいた。

絶対に負けられない

　孝広と神村は朝から黙々と資料作りに励んでいた。部屋は暖房を入れるほどではないが、少し肌寒さを感じる温度だ。

「申請書類はできたかな」

　孝広は、隣の神村に問いただした。労働委員会へのあっせん申請の書類は、神村が中心となって作成している。孝広は、山崎が休職処分となった経緯をまとめた「問題の概略と経緯」を作成していた。

「これであっせん申請の書類は、できたと思いますが」

「どれ」

　孝広は、神村が差し出したあっせん申請書類の第一号様式と第二号様式に目を落とすと言った。

「説明資料一覧は、番号を振って作成しておいた方がいい。もし、会社があっせんを断ってきたら、不誠実団交で不当労働行為に切り替えるから、その時、その番号を、そのまま甲号証番号にするから」

「わかりました。番号は、一が古田さんが書いている『問題の概略と経緯』として、二は『団体交渉の概略』、三以降は診断書や出勤停止辞令等の証拠書類でいいですね」

　神村の並べた書類に、孝広は、一つひとつ目を通しながら考え込んだ。

　達成できるはずのない過大な目標を、あたかも本人も納得したように押し付け、労働者が休

み も取れない心境を作り出す。

心も体もボロボロになる。

これでは職場が人を壊しているのと同じではないか。最後は、自分の体調も守れないなら無期限出勤停止だ。これが成果主義であり、自己責任論の本質だ。こんなやり方を放置することはできない。

孝広は歯ぎしりする思いで神村に言った。

「提出書類はすべてコピーしてファイリングしたよね」

「はい」

「それじゃ労働委員会へ行くか」

孝広はザックに手を伸ばすと椅子から立ち上がった。

病気を知っていて酷使した会社

十一月も押し詰まり、時には木枯らしの吹く季節になっていた。

事務所には孝広、神村、藤森夫人、竹内そして委員長が、それぞれの書類を真剣なまなざしで見ている。過労死の認定に向けた上申書の内容を論議している組合事務所は、五人も入れば息苦しいほどの狭さだ。

「これ、使えるでしょうか」

夫人が示したのは健康診断の結果を示す書類だった。

「健康診断の結果ですか、見せてください」

神村が書類を受け取り、一つひとつを確認するように見つめていたが、突然、孝広に書類を押し付けるようにして言った。

「これ、高血圧、会社知っていたんですよ」

渡された書類を孝広は見詰めた。確かに血圧の項目には要治療の文字がある。

「畜生、病気を知っていながら、睡眠もとらせない長時間労働か、これじゃ殺人じゃないか」

神村が、唇をかみしめるようにして言った。

「これも証拠として提出しましょう」

孝広は、すぐに上申書の内容に「会社も知っていた藤森氏の健康状態」の項目を付け加えた。

確認するようにして孝広が言った。

「これで三ヶ月の勤務状況と藤森氏の健康状態を、証拠を含めてほぼ作成できましたから、後は裏付けとなる証言です」

そう言って孝広は竹内の顔を見た。

「どうするんですか」

竹内が私は何をすればいいのかという顔で聞き返してきた。

五人が見ている労基署へ提出する予定の上申書には、夜間中心の勤務実態と、十店舗の責任を担うため、月百時間を優に超える時間外勤務をしなければならなかった労働環境・労働実態が日付単位で克明に記されていた。

「ですから、竹内さんと証言してくれる竹内さんの同僚の方たちの住所と連絡方法をここに書かせていただきます。竹内さんたちは、労基署から呼ばれると思いますので、その時に正確に事実を述べていただきたいのです。つまり、この上申書へ調査官に聴取してほしい人の名前と住所、連絡方法を書き込みますので、よろしくお願いしたいのです」

皆の目が竹内に注がれた。

「大丈夫ですよ」

竹内は、任せておけという顔で頷いた。

「よし、これで完璧だな」

委員長が膝を叩いて皆の顔を見た。

「委員長、過労死はそんなに簡単に認定されませんよ」

孝広は、皆を見渡すようにして言った。

「確かに、証拠と証人は、そろいました。しかし、だからと言って認定されるとは限りません。会社もあらゆる手を使って事実を隠そうとするでしょうから、ですから、これから労基署の調査で私たちの主張を認めるのか、認めないのかが決まります。気を緩めずに、新たな証拠や証人がいないか、追及していくと同時に、ご家族の今の気持ちも陳述書として提出する準備をしてください」

孝広の言葉に皆がそろって肯いた。

この日の打ち合わせは、予想以上の成果を得ることができた。孝広は、打ち合わせが終わった事務所に一人残って自問自答していた。一体今の経営者はどうしてしまったのか、自分の従業員の健康さえ考えなくなってしまった。

亡くなっても同僚に葬儀に参列することさえ禁止する経営者、それだけではない。健康診断で異常が発見されても長時間の深夜勤務をさせる。人の命より経営が大事なのか、利益を上げたいのか、何処か狂っている。

労働者に今日、明日の成果を求める。

これが成果主義か。死ぬまで働かせ、最後は自己責任なのか。

今の日本、猫も杓子も成果主義だ。これでは職場と人間関係の破壊ではないか。おまけに派遣社員だ。契約社員だと労働者の中に差別と無権利が当然という状況を作り出している。

許せない。

ノーベル賞受賞関係のテレビ番組で、今後は受賞者が少なくなるだろうと、解説をしている人がいた。その根拠が短期間に成果を求める成果主義にあると言っていた。しかし、それだけではないはずだ。

孝広は、考えれば考えるほど暗くなり、減らない労働相談予定が書き込まれたホワイトボードを睨むように立ち上がり、重いザックを肩にかけると事務所の鍵を閉めた。

山崎の職場復帰

肌寒さから、セーターを着てくれば良かったと思いながら、孝広は事務所のあるマンションへと道を急いだ。寒さはまだ、それほど厳しくはないが、歳のせいなのか、最近寒がりになったように感じられる。孝広は、組合事務所のドアを開けようとして鍵を差し込んでドアが開いていることに気付いた。

「おはよう」

ドアを開けると委員長がにこにこしながら孝広を迎えた。

「今日はどうしたのですか」

驚いて孝広は部屋を見回した。孝広より早く部屋を開けるのは神村しかいないはずだ。今日に限って何故、委員長がいるのか。

「ご苦労さん。今朝、山崎さんから電話があって、職場復帰の辞令が出たそうだよ」

「えっ本当ですか、良かったですね」

孝広は、肩の荷が下りたように、ほっとした。彼の案件は、労働委員会へあっせんを申請していたが、労働委員会事務局の説得も功を奏したのだろう。会社が、復職を回答してきたのだ。条件として彼の勤務地を東京の本社にするとのことだった。労働委員会からもＦＡＸが送られてきていた。

委員長がＦＡＸを孝広に渡すと言った。

「山崎さんが、これからお礼に来るそうだ」

孝広は、ＦＡＸを受け取って、その内容を確認しながら言った。

「良かった。これで一件落着ですね」

その言葉が終わるか終らないうちに事務所のドアが開いて神村が入ってきた。

「おはようございます。寒いですね」

「おい、神村君、山崎さんの件が解決したよ。労働委員会に提出した君の書類が決め手だったんじゃないか、ははは」

委員長が神村の肩をたたいて言った。

「えっ、解決したんですか、よかった」

神村は、ＦＡＸを手に取って読みながら笑顔を返してきた。先週の金曜日、深夜にまでわたる交渉の結果、会社は結論を持ち帰った。その結果、山崎の職場復帰が決まり、それが合意書として送られてきたのだ。

電話が鳴り、神村が受話器を取った。

「はい、合同労組ですが、ええ……、労働相談ですか、……ええ、できれば事務所の方に来て詳しい話を聞かせてください。……はい、時間を指定していただければかまいませんが、……はい、それでは明日の午後一時ですね、その時、雇用契約書や給料の明細書などがあれば持ってきてください。それではお待ちしています」

そう言って神村は電話を切った。

いつもなら譲り合うはずなのに、今日は快く電話に出ている。

「おい、さっき電話があって、労働相談で、古田君の名刺を持っていった人が、解決したので報告に来ると言っていたぞ」

委員長が笑顔で孝広と神村に言った。今日の事務所はやけに明るかった。

「おはようございます」

振り替えると山崎とその後ろに夫人と思える人が紙袋を持って立っていた。

「やあ、良かったですね」

三人が声をそろえるように言った。

山崎と夫人が、時には涙を浮かべ、時には笑顔で感謝の言葉と礼を述べ、委員長に報告している。もちろん孝広と神村も笑顔で応じた。

しかし、二人には来週に迫った定期大会が待ち構えている。

孝広と神村は、山崎夫妻への対応を委員長に任せ、席についてパソコンのスイッチを入れた。

議案書作成は書記局の仕事だ。

今年の大会方針のスローガンは「組合員総がかりで、運動の前進を」だ。

四役会議でも話し合ってきたが、執行委員だけの運動には限界が見えていた。百名を超える組合員を擁する合同労組は、言い換えれば百の企業と対峙しなければならない。おまけに訪れる労働者は、組合活動そのものを知らない人が圧倒的で、ややもすると請負的活動になりがちだ。労働組合は、皆が主人公であり、当事者が一番頑張らなくてはいけないはずなのに、時として置き去りにしてしまう場合もある。

役員任せの運動から、組合員を巻き込んだ運動にどう作っていくのか。論議を重ねた中で、見えてきたのは、同一職種による分会機能の育成と地域的要求の確立だった。

「各団体への招待状は送ったかな」

孝広は、神村に向かって確認するように言った。

「大会の案内通知は、終わりましたが、大会役員の本人確認がまだ終わっていません。これは古田さんにお願いしたいのですが」

大会に向けた準備は多岐にわたる。

対外的には、関係団体へ大会案内を送り、内部的には、組合員個々人の出席確認と、大会役員である議長や選挙管理委員会、資格・議事運営委員の構成と依頼など、いくつもある。そしてそれぞれの委員の発言マニュアルも用意しなければならず、作業は山ほどあるのだ。

「わかった。それはやるから、君は印刷を頼むよ」

「わかりました」

大会に向けた準備を進めながら、孝広は祈るような気持ちで電話を見つめた。こんな時に労働相談が入って来たら、万事休すだ。

幸いにも今日は朝から電話が無い。

「それじゃ、そっちは任せたから」

書記局といっても孝広と神村の二人がほぼすべてを取り仕切っている。これを今度の大会方針で変えていこうというのだ。

今までは書記長と書記次長だったが、これに書記局員を加える。

労災担当の書記局員や賃金不払い担当の書記局員など、当事者としての経験を持った組合員を活用する。労働相談担当の書記局員も育成するつもりだ。もちろん教宣部や財政部も複数の部員を獲得し、組合員の持っている知識と経験も活用した組織づくりを進めるつもりだ。

その時、電話が鳴った。

「委員長お願いします」

孝広は、ドキッとして思わず委員長に振った。

「はい、合同労組ですが、……わかりました。今担当者に替わりますので」

孝広は、むっとして委員長に言った。

「総がかりでしょう」

しまった、という顔で委員長が頭を撫でた。

「今、担当者が忙しいので、私委員長ですが、具体的内容を聞かせてください」

孝広は、ニヤッとして大会準備に戻った。

最低賃金裁判を上部団体である新神奈川労連が進めている。川崎市では、公契約条例がスタートした。地域と職場に責任を持つ合同労組にとっては、地域的闘いに取り組んで行くための条件が整ったことになる。

これらを自らの闘いとして方針案に盛り込み、地域的春闘を方針の中に組み立てる。組織的には、分会を設立し、オブザーバのかたちで産業別組合に加盟する。

産別の政策立案能力に依拠し、地域的にすべての労働者から期待される要求を組み立てていく。もう少しで書き上げられる今年の方針は、実現できれば素晴らしい闘う力を地域に根づかせてくれるはずだ。

平和憲法をないがしろにする法案が、国会で強行採決された。

平和の闘いも、他団体と共同して進めてきが、むしろこれからの運動が重要と言えた。

ひょっとすると政治的地殻変動が起きるかもしれない。

次々と出て来る思いを孝広は、方針案として書き込んでいった。

勝ち取った過労死認定

年が明け、なんとなくゆったりとした気持ちで、孝広と神村は、いつもより遅く、昼近くなって事務所に出た。

電話が鳴った。

「はい、合同労組ですが、……未払ですか」

電話を取った神村が、またかという顔で孝広を見た。

「わかりました。それでは、賃金明細書と雇用契約書を持って事務所に来てください。はい、今日ならいつでも結構ですから……そうですか」

それだけ言って神村は受話器を置いた。

受話器を置くと同時に再び電話は、早く出ろとでもいうようにけたたましくなりだした。神村が肩をすくめ、今度はあなたが出ろと孝広を見た。仕方がないという顔で孝広は受話器を持ち上げた。

「はい、合同労組ですが、あっ、藤森さんですか、ええ、……すごい、その書類を持ってきていただきたいのですが、ええ、お待ちしています」

それだけ言うと孝広は、受話器を置いて神村に言った。

「おい、藤森さんの過労死、認定取れたぞ」

「えっ、本当ですか」

孝広と神村は、目を見合わせた。

今年の夏から、労災申請に取り組んできた。組合としての意見書や上申書、夫人の陳述書の提出と、考えられることはすべてやってきたつもりだったが、それでも一抹の不安はあった。

組合として、初めて過労死の労災認定を勝ち取ったのだ。

過労死の場合、もちろん労働時間が最も重要だが、労働環境も重要な要素だと考え、上申書や意見書には、長時間労働でありながら、その勤務時間帯が常に深夜であること、藤森氏が体調を崩しており、そのことを会社も認識していたことを強調してきた。

もちろん、これらを立証したのは夫人だけでなく、同僚の竹内らの証言が大きな力になったに違いない。

思えばあれから半年がたっている。孝広は、感慨に耽るように天井を見つめた。

「古田さん。私は三役に連絡しますので、古田さんも関係執行委員に連絡してください」

そう言って神村は黙々と電話をかけ始めた。

思えばあれから労基署への要請だけで三回も足を運び、その内容を監督官に必死で訴えてきた。おそらく藤森夫人は、夕方には組合事務所へ来るだろう。不謹慎かもしれないが、気持ちとしては、一杯飲みたい気分だ。

それなのに全く、この男は感情というものがないのか、孝広は横で黙々と事務的に電話連絡をしている神村を見て首を振った。

第5章　明日へ

「市民の皆さん、働く仲間の皆さん、労災隠しを告発しようとしたら会社から解雇されるという考えられない事件です。是非ご支援ください……」

孝広がハンドマイクを握り、神村とその支援者がチラシを配布する。恒例となった神村解雇事件裁判日の川崎地裁前での宣伝行動だ。いつもと異なるのは、判決後の裁判所前集会に備えて、宣伝カーが道路わきに停車していることだ。

「おい、いよいよだな」

「有難うございます」

執行委員たちも次々と宣伝の輪に加わり、裁判所前には五十人を超える支援者が集まってきていた。

「それでは、一〇一号法廷へお願いします。尚、判決後はここで報告集会を行いますので、法廷に入れなかった方は、ここでお待ちください」

孝広も支援者と一緒に法廷へ入っていった。

神村は弁護士と共に柵で区切られた原告席に着いている。傍聴席はほぼ満席となっている。法廷警備員が邸内に入り、注意事項を述べ始めた。

「写真、録音は禁止です。携帯電話は、電源を切るか、マナーモードにしてください」

携帯を取り出し、確認する者もおり、ざわつきながら開廷を待つ。時刻ピッタリに裁判官が入廷してきた。同時に全員が起立し、一礼して席に着いた。

裁判長は判決文を読み上げ始めた。

「一、原被告間において、原告が被告に対し労働契約上の権利を有する地位にあることを確認する。二、被告は、原告に対し……金員を支払え、三、……」

「よし」

誰かが判決内容に賛意を示す声を上げ、まばらな拍手が廷内に響いた。判決文を読み上げると、裁判長は立ち上がり、一礼して退席していった。傍聴席の皆も少し遅れて立ち上がると一礼した。

皆がぞろぞろと裁判所から出てくると既に宣伝カーの横に委員長がマイクを握っていた。

「神村不当解雇裁判においでになった皆さん。弁護士さんが判決文を評価して、皆さんに報告しますので、しばらくお待ちください。……」

法廷から出てきた人たちが、宣伝カーの前に集まり、早くしろという顔でマイクを握る委員長を見ている。

そこへ神村が出てきた。

「おい、良かったな」

田中副委員長と、清水女性部長が駆け寄った。

「有難うございます」

神村が顔を紅潮させ、集まっている人たちに深々と頭を下げた。

産別本部への要請

「おい、産別本部に要請に行くぞ」

孝広は、神村を促して事務所のドアを開けた。

昨日は、全面勝利判決を受けてから、報告集会、記者会見、役員会と忙しい一日だった。役員会で決まった一つが、産別本部への要請だった。鉄は熱いうちに打てという言葉に適合するかは疑問だが、孝広は、無駄かもしれないが、初心に戻って、産別本部へ要請に行こうと神村と話し合っていた。

行ったからと言って産別本部の態度が変わるとは思えなかったが、一縷の望みを持っていくことにした。

産別本部の入っているビルは、新橋のオフィスビルの一角にある。新橋駅から徒歩でビルに向かった二人は、産別本部のドアを開けた。ドアを開けると待っていましたというように、女性の事務員が席を立って二人に挨拶すると、名前も確かめずに会議室へと案内した。

もちろんアポイントメントは取ったから神村たちが来ることは解っていたはずだが、裁判になる前、要請に来た時には、責任者も不在ということで、相手にもされなかったことを覚えている。

部屋に入り、しばらくすると、産別書記長の小川がにこにこしながら部屋に入ってきた。

そしてソファーに座るなり二人に向かって言った。

「ご苦労様です。大変でしたよねー」

なんだこの態度は、あっけにとられている二人に小川は言った。

「いや、うちも大変だったんですよ。昨日は」

きっと新聞記者が、産別本部にも取材に来たであろうことは、今日の朝刊各紙に載った事件の記事からも想像できた。

孝広は、一息つくと話し始めた。

「今日は、昨日示された判決に基づいた全面解決に向け、是非お力をお借りしたいと伺いました」

小川書記長は、ウンウンと頷きながら言った。

「いや、昨日は新聞社からの問い合わせもあってね」

そう言って要請書に目を落とした。しばらく要請書に見入っていた書記長はにこにこしながら答えた。

「わかりました。早期解決を望んでいるのは私たちも同じですから」

孝広は驚いて神村と顔を見合わせた。神村も信じられないという顔で孝広を見つめている。

我に返って孝広が言った。

「企業にとっても長引くことは得策ではないと思いますので」

「そう、そう」

小川は笑顔で肯いている。この時孝広の脳裏にその答えが浮かんだように思えた。会社も早期解決を決断したのかもしれない。彼らが、独自に態度を一変するわけがない。

神村と孝広は、要請内容を確認し、今後の対応を依頼すると産別本部を後にした。

しばらく無言で歩いていた二人は顔を見合わせて言った。

「いやー、判決の力は凄いな」

孝広は、神村の顔をまじまじと見ながら言った。

神村も信じられないという顔をしていたが、にっこり笑いながら言った。

「彼らの真意がどこにあるのかは別として、それでも大きな一歩ですよね」

孝広は頷いて握り拳を前に突き出した。

広がり続ける闘いの輪

春闘も一段落した五月、メーデー会場は、いつもの様に機材の警備で、泊まり込みをした孝広たちが設営をしている。メーデーの朝は、いつも人手が足りない。

「おーい、小森、テントの脚を持ってくれよ。時間が無いんだ」

少し苛立ったように孝広は言った。朝早くから集まってくれる組合員は少ない。

メーデー会場の設営は、限られた人員で、テント張りから受付の準備もしなければならず、ビールや焼きそばを販売する売店の準備まであり、人手がいくらあっても足りなかった。

「はい、朝ご飯」

声に振り替えると妻の洋子が、にこにこしながら、紙袋を差し出している。

「お、握り飯か、ありがとう」

「ただのお握りじゃないわよ。鶏ごぼうのおにぎりよ。沢山あるから皆でね」

それだけ言うと洋子は、集まってきている女性たちの中へと手を振りながら走っていった。

「おい、食べてくれよ」

孝広は、紙袋を開けて、神村や小森に洋子の持ってきたお握りを差し出した。

「ありがとうございます。愛妻弁当ですよね」

「まあ、三十年前ならね」

そう言って孝広は笑った。

神村が、握り飯をほおばり、孝広も腰を下ろして食べ始めた。

「おはようございます」

女性の声に孝広が見上げると、ピンクのエプロンをした女性が子どもの手をひいて立っているではないか。

「お手伝いしようと思って」

女性に手をひかれている子どもが笑顔で孝広に手を振っている。

あっ、と声を出しそうになって孝広は思い出した。

「栗田さんですよね」

「ええ」

メンタルで、労災申請できますかといって組合事務所を訪れた時の栗田の疲れ果てた姿が孝広の脳裏をよぎった。

「ありがとうございます。今、売店のテントを設営しますから、今日は焼きそばとビールですので、よろしくお願いします」

孝広は、テントの脚を持ちながら応えた。

栗田の闘いも長いようで短かった。パワハラと退職強要が労災にならなかったら、労働法制の改悪が強行され、残業規制の枠がなくなっていたら、この家庭は今、どうなっていただろうか。

孝広は、会場の設営をしながら、栗田親子の後姿を見ていた。

「おはようございます、古田さん」

孝広は、振り返って声のする方を見た。

「やあ、小山さん。小山さんも来てくれたんですか」

孝広は、大会で感じていた虚しさが消えていくのを実感していた。

労働相談の件数に伴い、組合員の増加が一時的にあるものの、それが定着しないという現実も踏まえ、組合員総がかりの運動と行動を強めていこう、といった言葉を、その時、それほど自信を持って提案できたとは思わなかったが、今日の会場の空気は一つひとつの闘いが決して無駄ではないことを実感させられるものだ。

「神村君、舞台のデコレーションをやるから上に上がってきてくれ、小森君も頼むよ」

三人は、舞台の上で机と椅子を並べながら横断幕を見上げた。

舞台の最上段には横六メートルのメインスローガン「働く者の団結で、平和で中立日本の実現を目指そう」の文字が躍っている。

「おはようございます。いつもありがとうございます」

「あっ、おはようございます」

歌声のメンバーが笑顔で舞台に上がってきた。音響調節を行う電機ユニオンの仲間も会場に着いた。

舞台を降りようとして孝広は神村の肩に手を載せて言った。

「雨が降らなくて良かったな」

神村が舞台の階段を下りながら言った
「雨なんて吹き飛ばせますよ、僕らの闘いで」

何の根拠もなく神村が胸を張って言った。会場の富士見公園の葉桜が、二人を称えるように風に揺れている。

「あれ、藤森さんじゃないですか」

孝広と神村は駈けるようにして舞台を降りて行った。

「ええ、お世話になったし、機関紙には、みんなで参加しようと書いてありましたから」

そう言って藤森夫人は嬉しそうに笑った。

「ありがとうございます」

孝広と神村も疲れが抜けたように笑った。

開場には仲間が集まりだしていた。

合同労組の旗の近くには、強制休職事件の山崎、その周りに労働相談に来て組合員となった何人かの顔も見える。

会場には最大の参加者を誇る医療生協の人たち、建設労働者の部隊、そして各産別組織の隊列と生健会、民商、新婦人、各法律事務所の弁護士と一緒に、国民救援会の旗も見える。

皆仲間だ。

ここには労働者を無理やり競わせようとするものもなければ、正規・非正規といった人と人を隔てる柵もない。

自らの意思で、互いの肩を叩き、スクラムを組もうとする人たちだ。

舞台から腕組みをしながら孝広は会場を見渡していた。

五月の空に川崎労連の旗とともに、真紅の合同労組の旗が力強く翻っている。

竹之内宏悠（たけのうち・こうゆう）
石油関連企業在職中に８年間の労働争議を経て、川崎労働組合総連合事務局長を経験、その後、全川崎地域労働組合（コミュニティユニオン）の書記長となり、労働相談を中心に活動、2011 年退職後、神奈川労連の地域労組の仲間と労働相談手引書として『実践労働相談・対策』を出版（光陽出版）、書記長を務める傍ら、月刊「民主文学」等で小説家として活躍中。

著者近刊

ブラック化する職場——コミュニティユニオンの日々

2017年3月25日　　初版第１刷発行

著者 ——竹之内宏悠
発行者 ——平田　勝
発行 ——花伝社
発売 ——共栄書房
〒101-0065　東京都千代田区西神田2-5-11出版輸送ビル2F
電話　03-3263-3813
FAX　03-3239-8272
E-mail　kadensha@muf.biglobe.ne.jp
URL　http://kadensha.net
振替 ——00140-6-59661
装幀 ——黒瀬章夫（ナカグログラフ）
印刷・製本—中央精版印刷株式会社

ISBN978-4-7634-0804-4　C0036